MON JOURNAL INTIME

MON JOURNAL INTIME

Un texte de Lisa Azuelos

JC Lattès

Lisa Azuelos est réalisatrice. Après *Ainsi soient-elles* et *Comme t'y es belle*, elle signe aujourd'hui *LOL (Laughing Out Loud)*® et nous dévoile le journal intime de sa jeune héroïne.

© Éditions Jean-Claude Lattès, 2009.
ISBN : 978-2-253-12965-3 – 1re publication LGF

À Carmen

VENDREDI 5 SEPTEMBRE

• • • • • • • • • • • • • • • • • • • •

C'EST LA RENTRÉE. Je n'en reviens pas d'écrire : « C'est la rentrée ! » Incroyable que déjà, ça recommence – the circle of life, comme dans *Le Roi Lion*.
Si jamais j'ai cours tous les matins à huit heures et demie, je pète un câble. Je ne comprends pas que les vacances soient déjà finies. C'est drôle, c'est passé super vite. Pourtant, sur place, je me suis quand même sévèrement fait chier. Je te résume l'affaire, parce que je ne t'ai pas emporté avec moi, petit Journal.
Tu vas me dire : « Lola, c'est abusé », vu que t'es un agenda septembre-septembre et que du coup, les mois de juillet-août sont dessus. Mais bon, tu m'excuseras, je ne vais pas commencer à me sentir coupable d'avoir pris des vacances sans toi !
Un mois avec ma mère en Corse, un mois avec mon père en Bretagne. Même pas de wifi pour me débrancher de mes deux nains de frère et sœur, toujours à me coller et à me baver dessus. Cela dit,

ce n'est pas inintéressant, question vacances,
le divorce des parents!
Ça fait deux ambiances **MÉGA DIFFÉRENTES.**
Un soir, maman m'a même emmenée dans
une soirée années 80 à la Via Notte
de Porto-Vecchio – la honte.
Je me suis faite minuscule, je l'ai regardée s'éclater,
elle connaissait toutes les chansons par cœur!
En disco, ma mère, elle est incollable: elle trouve
que c'est la seule musique capable de vous
remonter le moral. Visiblement, ça l'atteint,
le divorce. Je crois qu'elle n'était pas si prête
que ça à laisser papa mais bref, elle a bien noyé
son chagrin dans «Thriller»! LoL.
Finalement, j'ai dansé toute la nuit avec elle.
Elle s'est même fait draguer par un mec genre
Italien qui puait l'eau de Cologne.
C'est vrai qu'elle est encore canon, ma mère.
J'aimerais bien lui ressembler, quand j'aurai
son âge... Je crois qu'elle était un peu bourrée,
on se cachait l'une de l'autre pour boire, c'était
trop débile! Bon, au final, on s'est quand même
descendu une bouteille de champagne, même
si on s'est fait croire qu'on ne buvait que
du jus de pomme!
Je l'adore, ma mère.
En grandissant, on devient vraiment complices,
elle et moi... C'est... Bon. Je ne trouve pas
le mot juste. Mon père, par contre, il a trop regretté
d'avoir loué en Bretagne! Comment il a plu!

Un truc de malade, genre apocalyptique.
Du coup, je ne suis quasiment pas bronzée pour demain et ça m'énerve, tu ne peux même pas imaginer. Bref. L'année prochaine, je choisirai ma mère en août : au moins, je serai sûre d'aller au soleil. Et je serai black pour cette foutue rentrée. En même temps, je suis trop contente ! Je vais revoir tout le monde, mes copines Stéphane et Charlotte, mon pote Maël, et puis Arthur… Surtout Arthur ! J'aurais adoré qu'il me voie bronzée ! En vrai, il m'a trop manqué. Évidemment, tu t'en doutes, je ne compte pas lui dire ! Ben tiens !

MANQUERAIT PLUS QUE ÇA.

SAMEDI 6 SEPTEMBRE

• • • • • • • • • • • •

il a couché avec une fille pendant les vacances
il a couché avec une fille pendant les vacances
il a couché avec une fille pendant les vacances
il a couché avec une fille pendant les vacances
il a couché avec une fille pendant les vacances

|\|\\\\\|\\\\|\\\\\\

● ● ● ● ● ● ● ● ● ●

Il a couché avec une fille.
Pendant les vacances,
il a couché avec une fille !
Attends, je vais encore le réécrire
pour bien m'imprégner :
cet été, Arthur a couché avec une fille.
Ce bâtard m'a dit qu'il ne m'avait
PAS trompée…
juste « couché avec une fille » !
Pour voir, pour essayer.
Tu peux le croire ?
Il y a écrit quoi, au verbe « tromper »,
dans son dictionnaire de merde ?!
J'ai mal.
En vrai, j'ai mal à en **CREVER**.
Tu me connais,
j'ai fait genre « rien à foutre »,
je lui ai même raconté que…
moi aussi. Du coup !

Bon, ce n'était pas forcément
la meilleure idée de ma vie,
mais c'est quand même celle que j'ai eue…
En tout cas, tu aurais vu sa tête !
Il m'a demandé si j'avais pris son numéro,
à l'autre, pour le rappeler.
Tu ne sais pas ce qu'il a eu le culot
de me dire ?!
« Ce serait quand même bête

que tu te retrouves toute seule ! »
C'est lui qui me trompe
et en plus, il me lourde !
Je déteste les mecs.

JE LE DÉTESTE.
J'ai envie de mourir.
C'est vrai, je l'adorais, moi, Arthur.
Ce matin, j'étais trop contente
de le retrouver, j'avais le cœur
en chamallows et tout, genre comédie
romantique américaine.
Et puis Maël ! Il va être
franchement mal, maintenant.
Je ne sais pas du tout comment
on va gérer cette histoire,
ça va foutre le bordel entre nous trois…
C'est son meilleur ami,
ils ne peuvent pas cesser d'être potes.
Mais moi, je ne veux plus voir Arthur,
surtout vu la façon dont il m'a parlé.
Mais Maël, je ne peux pas non plus
arrêter de le voir,
c'est comme mon frère !

L'HORREUR.
VRAIMENT L'HORREUR.

• • • • • • • • • • •

DIMANCHE 7 SEPTEMBRE
● ● ● ● ● ● ● ●

Ambiance de merde ! Trop la loose !
Arthur est un con, je me demande bien comment j'ai fait pour le supporter toute l'année dernière. En fait, j'en ai plus rien à foutre, mais je crois qu'il est jaloux. De Maël, t'imagines ?! Le pire ! Heureusement que je l'ai, Maël : je l'adore !
Mais c'est un peu bizarre entre nous, avec tout ça. Quand on se parle, c'est presque en cachette, et je sens qu'il vérifie sans cesse si Arthur nous mate ou pas… Il est moins naturel avec moi, mais il n'ose pas m'en parler et du coup, je n'ose pas non plus.
Je sens bien qu'il ne veut pas me perdre comme amie, qu'il est triste de la situation…
Ça le rend super beau, d'être un peu paumé avec moi. Il est TROP beau, d'ailleurs ! Cette pute de De Peyrefitte est grave sur lui, mais il n'en a rien à foutre (enfin, j'espère… !). C'est bizarre, je ne supporterais pas qu'il se la tape. Tiens, c'est VRAIMENT bizarre, ça… Pourquoi je ne supporterais pas ?
On est « juste » amis, non… ? Oh là là, laisse tomber, je préfère ne pas y penser ! Attends attends attends, j'ai décroché le téléphone pour appeler Charlotte, mais je suis tombée en plein milieu d'une conversation.

> C'EST LA RÉVOLUTION !!! TRUC DE OUF !!! <u>TRUC DE OUF !</u>
> <u>MON PÈRE SE RETAPE MA MÈRE</u> OU VICE VERSA. JE N'EN REVIENS PAS ! ET DEPUIS UN BOUT DE TPS ON DIRAIT... QUAND ? QUAND ? FAIT CHIER ! TROP NAZE ! AUCUNE VOLONTÉ CES DEUX-LÀ !
> AHHHH ÇA ME DÉGOÛTE
> OK ! DORS LOLA, CALME-TOI !

JEUDI 11/09

Je ne comprends pas ma mère.
Quelle idée de se retaper mon père ?!
Non mais franchement, il y a combien de milliards d'hommes sur la planète ?!
C'était quoi, la probabilité pour qu'elle se le retape ?! C'est bien le 11 septembre, petit Journal !
Je te jure, je me sens comme une tour en train de s'effondrer ! Au fond, si je réfléchis bien, je m'en fous. Seulement, elle aurait pu me le dire.
C'est surtout ça qui me rend dingue !
Elle fait son truc en cachette et maintenant, je n'ai plus confiance en elle. Moi, je lui disais tout !
Enfin là, bien sûr, je ne lui ai pas dit pour Arthur.
Mais, en général, on se dit tout ! (LOL)
Je me sens trahie. Trahie, triste et déçue.
Je n'arrive même plus à lui parler comme avant.
Maman...

VENDREDI 12 SEPTEMBRE

Stéphane et Charlotte pensent qu'au fond, cette histoire avec ma mère, c'est pas si grave. Elles disent que je me prends trop la tête pour des trucs qui ne me concernent pas.
Évidemment, elles, elles ne se confient jamais à leur mère…
Celle de Stéphane, je crois qu'elle se fait des cocktails Prozac-Xanax-Lexo, elle est complètement foncedée, en vrai !
Je ne sais pas si c'est mieux ou pire que celle de Charlotte… Sa mère, c'est une barre de fer, tu verrais l'engin ! Elle lui interdit même de porter des strings ! Attends, c'est quoi ce **DÉLIRE ?!**
Qu'est-ce que ça peut bien lui foutre ?! Ma mère à moi, elle comprend tout, tout le temps. Ça sert à ça, une mère. À te donner des bons conseils, sans te juger… En fait, je ne supporte pas qu'elle m'ait menti : j'ai l'impression que je ne pourrai plus jamais lui faire confiance et du coup, je me sens hyper seule… Genre : abandonnée. Je ne sais pas comment font les gens qui n'ont pas de mère.

~~JEUDI 13 SEPTEMBRE~~ SAMEDI 13 SEPTEMBRE

J'ai décidé de devenir **PLUS ZEN**.
De laisser tomber cette histoire avec maman
(pour le moment) et de me concentrer
sur les choses importantes de la vie,
comme l'amitié, l'amour, l'école…
et ce connard d'Arthur, qui commence
sérieusement à me saouler !
C'est quoi son problème ?
IL me trompe et JE me fais insulter ?
Le monde à l'envers !

PS : quand même, penser à dire à Arthur
que sa connerie est le résultat d'une mutation
génétique qui lui a atrophié le cerveau
(en espérant qu'il comprenne – c'est pas gagné !).

LUNDI
15 SEPTEMBRE

104/20

Il y a quand même une super enquête à faire au lycée, sur la manière de noter de Gerbère. Pauvre Stéphane, avec lui, elle enchaîne les 4! En plus, non seulement Gerbère fait partie de ces profs qui collent des contrôles tous les deux jours, mais aussi de ce genre bien vicelard à foutre des 0 devant les notes à « chiffre unique », histoire qu'il soit impossible de maquiller le massacre. Du coup, si Stéphane ajoute un 1, ça fera du 104/20. Ce qui est relativement impossible. Et un peu dur à expliquer à sa mère! C'est quand même pas de bol. Mais on a beau dire, les profs, ils nous manqueront, quand on sera dans la vie active! On se dira: « C'était le bon temps! » Enfin, c'est ce que raconte ma mère. Je verrai bien quand je serai vieille…! Ah Ah Ah!

PS: Faites que ma mère ne tombe jamais sur ce journal! Si elle voit que je l'ai traitée de vieille, elle me tue.

MARDI 16 SEPTEMBRE

J'adore passer du temps avec **MAËL**.
On a enfin pu s'accorder une bonne journée
ensemble, ça m'a trop fait du bien ! On a maté
toute la saison 1 de *Gossip Girl*, il n'arrêtait pas
de dire que c'était une série pour filles mais
en vrai, c'est lui qui voulait savoir la suite !

On a fumé, on a déliré…
À un moment, c'était même un peu chelou.
On était sur son lit, tu vois, et on aurait dit un
vrai couple, à regarder des DVD sur l'ordinateur,
à rigoler ensemble… Je ne sais pas, c'est peut-être
juste moi : à force de mater des séries américaines,
je me fais des films ! Mais quand même, j'ai cru
sentir qu'il était un peu gêné.

Enfin, pas vraiment gêné, « troublé » plutôt,
ce truc étrange que, moi aussi, j'ai ressenti…
Je ne peux pas sortir avec lui, de toute façon.
C'est le meilleur ami d'Arthur !
En même temps, il est tellement con, celui-là…

Il n'arrête pas de me provoquer !
L'autre fois, il m'a demandé si j'avais joui avec le mec de cet été, t'imagines ?! On s'est embrouillés, je suis partie vénère, je l'aurais buté, je te jure ! Il paraît – c'est Charlotte qui me l'a dit, ou Stéphane, je ne sais plus – que Maël l'avait regardé avec mépris.

Après mon départ, il lui avait lancé : « Classe ! » en levant le pouce, l'air de dire « Mon pauvre, t'es vraiment trop naze ». Arthur était vexé à mort ! Du coup maintenant, quand on se parle Maël et moi, il nous mate genre suspicieux. Ambiance de merde, quoi !

En même temps, je suis heureuse qu'il m'ait défendue. Et moi aussi, je suis troublée…

ALLEZ, DODO, JE COMMENCE À DÉLIRER, LÀ !

MERCREDI 17 SEPTEMBRE

Je crois que mon père
a dormi à la maison, cette nuit.
Je l'ai entendu,
genre à six heures du mat',
se tailler sur la pointe des pieds…

TROP CHELOU !

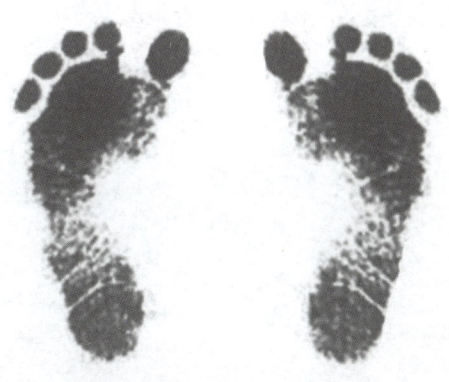

SAMEDI 20 SEPTEMBRE

Désolé Journal, je t'ai zappé !

JEUDI 25/09

Charlotte est dingue!
Sur msn, elle parle
avec un mec qu'elle ne connaît
même pas : ils se font
des chauffades de cul super
stylées, elle lui fait croire
qu'elle a 30 ans!

**JE TE JURE,
CETTE FILLE EST DINGUE!**

SAMEDI 27 SEPTEMBRE

J'essaye de comprendre comment j'ai pu en arriver là, comment tout mon univers a pu se modifier sous mes yeux, sans même que je m'en aperçoive. Ça va vite, la vie. Je n'arrive pas à savoir si je me sens seule, ou si je me sens vide. Les deux, peut-être. Je me sens seule, parce que Stéphane et Charlotte ne remplissent pas leur contrat de meilleures copines. Et je me sens vide, parce qu'il me manque juste l'attention et l'amour dont toute personne a besoin pour exister. Bon, j'ai déjà fait un grand pas en avant : en vrai, je me sens surtout vide. Pas besoin de psy pour me comprendre : un Journal, et ça repart !

MERCREDI 1ᴱᴿ OCTOBRE

Stéphane est persuadée qu'il y a un truc entre Maël et moi. Quand Charlotte l'a appris, elle voulait absolument savoir la vérité, l'enfer ! C'est fatigant de devoir se justifier sur tout, tout le temps. Maël est mon meilleur ami : ça implique forcément qu'on passe du temps ensemble.

• • •

Le mec au mouchoir

MAIS IL N'Y A RIEN
ENTRE LUI ET MOI.
RIEN !

• • •

MERCREDI 1ᴇʀ OCTOBRE

● ● ● Sauf que les filles pensent que regarder toute une saison de *Gossip* avec un mec, c'est une preuve en soi! Quand bien même il y aurait un jour un truc entre Maël et moi, ce sont mes meilleures copines: fatalement, elles seraient au courant!

Enfin, après Maël, bien sûr. Et après toi, Journal: fais pas ton susceptible! **LOL**. On a beaucoup parlé de nos parents, lui et moi. Il m'a aidée à me calmer par rapport à ma mère.

Il m'a fait comprendre que de toute façon, ce n'était pas à moi de gérer cette affaire, que je devais laisser aux grands les histoires de grands. Je l'avais déjà compris bien sûr mais maintenant, c'est clair et net dans ma tête: je laisse ma mère gérer seule sa vie. Du coup, j'évite de trop lui faire sentir que j'ai bien remarqué son petit manège avec papa, et aussi à quel point ça m'énerve… Maël, lui, m'a expliqué un truc hallucinant: son père refuse qu'il fasse de la musique. Pourtant, je crois que s'il a bien quelque chose à faire dans la vie, c'est justement de la musique! Il est fait pour ça, ça se voit, ça se sent: c'est vraiment son truc. Moi, en tout cas, je le sais. Maël a un don, et un

charisme
de dingue! Il ferait
tomber n'importe quelle fille!
Dès qu'il ouvre la bouche, il devient
sexy à mort! On a envie de se jeter
sur lui et de l'embrasser à pleine langue!
Ouh là là, je m'emporte, là…

Vraiment, je ne comprends pas les parents.
Ils se mettent toujours en travers de nous
et de nos désirs, on croirait des barricades…

C'est bien beau de ne penser qu'à la sécurité,
mais eux aussi un jour, ils ont eu notre âge!
Sauf que bien sûr, de leur temps, « c'était différent »!
Quelqu'un pourrait m'expliquer pourquoi les
parents comparent toujours notre vie avec
leur propre jeunesse? En plus, je suis sûre que
ma mère en a fait à la pelle, des conneries!
C'est vraiment de l'hypocrisie de la part des
adultes, et ça m'exaspère! Il faut bien qu'on vive
notre jeunesse, nous aussi! D'ailleurs, la première
chose dont les parents devraient se souvenir
quand ils nous élèvent, c'est la façon dont leurs
propres parents freinaient leurs ardeurs!
Ce n'est pas très juste, quand on y pense.
Enfin, on est grands, quand même!

On sait ce qu'on veut, et ce qu'on ne veut pas!
Merde! **IL FAUT QUE MAËL FASSE DE LA MUSIQUE!**

LES FILLES

Lola ça sert à rien de se révolter : on aura jamais le dernier mot face au pouvoir parental.
Moi je suis sympa avec eux, j'ai de bons résultats, je suis polie.
Et je fais tout dans leur dos!
Au final, ils ne m'en demandent pas plus et ils me foutent relativement la paix. Bon, en même temps, je ne leur en demande pas des masses non plus.

Charlotte

MARDI 7 OCTOBRE

- Petite leçon d'éducation
- de la part de Charlotte :
- Déjà, je ne me révolte pas :
- je dis ce que je pense. Nuance.
- Une révolte, Charlotte,
- c'est bien pire que ça !
- On l'a vu en Histoire.
- Une révolte, c'est quand
- un peuple entier crève de faim
- et décide de décapiter son roi
- et sa reine, par exemple !
- Il paraît que les corps bougent
- tout seuls après, sans la tête
- et tout…
- Notre époque est moins gore
- quand même !

VENDREDI 10 OCTOBRE

FAUT QUE JE ME CALME, FAUT QUE JE ME CALME, FAUT QUE JE ME CALME, FAUT QUE JE ME CALME. Si quelqu'un voulait bien faire l'effort d'essayer de comprendre pourquoi je suis comme ça, ça m'arrangerait pas mal. J'ai l'impression de devoir déballer ma vie à tout le lycée, juste pour que les gens me comprennent ! Jacques Martin disait : « Les enfants sont formidables. » Mais moi, je pense que les ados sont vraiment méchants entre eux. Et ça ne s'arrange pas en grandissant !

Je crois sincèrement que dans ce monde, c'est chacun pour soi et les vaches seront bien gardées. C'est méga triste. Parce que voilà, dans des situations où on aurait besoin de ses proches, on reste tout seul. Je commence à comprendre que la vie, c'est juste de la solitude. On peut bien avoir des amis, une famille, un mec ou un chien, eh ben au final, on est quand même toujours tout seul quand on se couche le soir. Et vu que personne n'est dans notre tête, qui peut prétendre nous connaître réellement ?

PERSONNE

DIMANCHE 12 OCTOBRE

Bilan avec ma mère.
Accroche-toi bien, c'est salé.

1 Elle fume des joints.
J'ai trouvé du papier OCB dans sa chambre.
Putain, mais y a plus d'adultes ou quoi?!

2 Elle se tape son ex-mari en douce.
Je crois avoir déjà dit ce que j'en pensais…

3 Par contre, si elle voit que je me suis épilée genre « ticket de métro », elle me fait un procès : à mon âge, on ne couche pas avec les garçons ! C'est son obsession du moment – savoir si oui ou non j'ai couché avec un garçon. Je trouve ça plutôt ringard, comme position parentale.

4 En plus ma mère, elle n'est même pas ringarde !
Je ne comprends pas ce truc archaïque des parents…

5 Et pour couronner le tout, elle n'a même pas remarqué qu'Arthur m'avait lourdée !

6 Je n'ai plus de mec, plus de mère, plus de père (si, vaguement, un week-end sur deux…).
J'en ai marre. J'en ai trop marre.
Envie de pleurer toute la journée.
Je crois que je vais avoir mes règles.

MERCREDI 15 OCTOBRE

« L'amitié, c'est comme un paysage »,
chantait Jeremy Châtelain à la Star Ac',
il y a déjà fort longtemps…
Ouais, comme un paysage ravagé par l'ouragan
Katrina ! Je vais la réécrire, moi, cette chanson
à la con !

Bon alors je vais te dire, ce qui me révolte à mort
en ce moment, ce sont les étiquettes. Vu que je vis
le premier conflit avec ma mère, les gens pensent
que je suis « en crise ». Mais qui a déclaré que
c'était une crise ?
LA PSYCHOLOGIE !

Et la psychologie, c'est une machine
à foutre des étiquettes sur les gens,
les comportements et les situations.
Je déteste l'idée qu'on nous juge tous selon
les mêmes critères. On a peut-être tous la même
base – l'humanité, donc les gènes,
les chromosomes, l'ADN et bla bla bla…
Mais on est quand même tous différents !
Les réactions sont propres à chacun.
Personne ne réagira de la même façon dans telle
ou telle situation, alors pourquoi diable essayer
d'enfermer les Hommes dans cette même dictature

de l'analyse du comportement ?!
J'en veux à ma mère, c'est tout.
Ce n'est pas une crise. Compris ?
Non, Journal, je ne m'en prends pas à toi.
Toi, au moins, tu me comprends…

TU ES BIEN LE SEUL, MON VIEUX.

VENDREDI 17 OCTOBRE

> Si tu veux que ta mère te montre plus d'amour, alors va plus vers elle. Si l'une des deux fait le premier pas, ça se réglera tout seul, non ?
> Peut-être que tu ne lui parles plus autant qu'avant, toi non plus...
> Ne demande pas à quelqu'un de te comprendre si tu ne lui fournis pas les clés nécessaires à ta compréhension (j'ai lu ça dans les pages psycho de Jeune & Jolie)
>
> Charlotte
> et Stéphane
> ki t' ♥

J'ai reçu ça, ce matin,
en cours de bio.

Je ne sais pas si je suis complètement d'accord avec ça mais c'est vrai, j'avoue, je ne vais pas beaucoup vers ma mère, ces derniers temps.
C'est pas que je n'en ai pas envie, mais j'en ressens moins le besoin. Du moins, ça m'a peut-être manqué au début et puis finalement, le manque est passé. On ne s'en rend pas compte mais en un clin d'œil, on n'a plus besoin de l'autre.
En même temps, est-ce qu'on est vraiment certain de ne plus en avoir besoin ? Peut-être que c'est juste ce qu'on veut se faire croire…
Avec Arthur, ça m'a fait pareil cet été.
Il ne m'a pas vraiment manqué…
Beaucoup la première semaine, et puis c'est passé.
Sauf que ma mère a plus d'importance qu'Arthur dans ma vie !

C'EST QUAND MÊME MA MÈRE… !
C'EST GENRE MA MÈRE À VIE !

Mais une fois qu'on a réalisé qu'on parvient à se passer de l'autre, comment on fait pour revenir… ? Je ne suis plus obligée de tout raconter à maman, si je n'en ressens pas le besoin. Mais au moins, je peux lui montrer que je suis toujours sa fille qui l'aime (et qui adore lui piquer ses fringues… ! Je te jure, ce wagonnet de cachemires dans son armoire, on se roulerait dedans !). Bon. Je n'ai pas tant changé que ça, après tout. Il faudrait peut-être que je me mette à lire les pages « psycho » de *J&J* : ça me paraît hyper profond, quand même, cette histoire de « clés de compréhension » ! LOL

Grande découverte
dans ma vie :
ce petit bout
de papier déchiré…
Ça, tu vois,
c'est l'amour.
Ça, c'est l'avenir.
Ça, c'est le truc qui me fait
dire que la vie
n'est pas si pourrie :
parfois,
elle a le goût de cerise !

JE L'AIME,
JE L'AIME, JE L'AIME TROP…

41

MERCREDI 22
OCTOBRE

Bon, en me relisant, je trouve ça un peu bizarre !
Non, je ne suis pas amoureuse d'une Chupa Chups, thanks God !
J'ai partagé cette sucette avec Maël
et je ne sais pas pourquoi, j'ai conservé ce bout de papier.
Pour le mettre ici, dans tes pages, parce qu'il me redonne le sourire dès que je le regarde.
Le papier ou Maël ? Maël ou le papier ?
C'est la même chose.
Je n'aurais jamais pensé le connaître
sous cet angle. Je savais qu'il était doux, tendre, attentionné, mais il sait aussi m'écouter, me conseiller, me consoler.
C'est un rêve éveillé, ce Maël.
Comment ai-je pu passer à côté de lui toutes ces années ?! Je me sens légère, j'ai envie de rire tout le temps, je n'arrête pas de penser à lui. Le quotidien est si différent, maintenant ! Je suis toujours dans l'attente d'un signe, d'un geste de sa part.
Je répète son prénom en boucle.

MAËL MAËL MAËL MAËL...

J'aime son prénom, c'est pour ça !
C'est drôle, de se redécouvrir de cette façon…
Oui, je crois que je me redécouvre.
J'étais tellement persuadée qu'Arthur
était fait pour moi que je n'avais même pas
remarqué qu'il ne me correspondait pas du tout !
Au fond, celui que j'ai toujours attendu,
c'est Maël, et ça me fait tout bizarre de l'avoir
enfin compris.
L'autre soir, sur msn, il m'a envoyé :
« Si Arthur n'était pas mon pote… »
Ces trois petits points ! En fait, tout est dans
les trois petits points ! Moi, genre innocente,
j'ai tapé : « Oui ? » J'ai eu « LoL » pour toute
réponse : il n'a pas osé aller au bout de sa pensée.
Mais ça veut dire que si Arthur n'était pas son
pote, il oserait faire ce que moi, je n'ose même pas
imaginer ! Sortir avec lui, ce serait tellement
de bonheur qu'il ne vaut mieux pas y penser…
En fait, Charlotte et Stéphane avaient raison :
ça se voit comme le nez au milieu de la figure
que je l'aime, et qu'il m'aime aussi !

Mais cet amour était si proche de nous
qu'on ne pouvait pas le déceler…
Comme les filles nous regardaient de plus loin,
elles ont tout compris avant tout le monde.

J'ai lu dans un bouquin de ma mère – style
*Les proverbes chinois qui font du bien quand
on les lit*, ce genre de « feel good litterature »
pour femmes seules – bref, j'en ai lu un
qui pourrait s'appliquer à notre cas :
« L'œil ne peut pas voir les cils. »
Ça a l'air con comme ça, mais en fait,
c'est exactement vrai pour Maël et moi !
On est tellement proches l'un de l'autre,
comme un iris et une paupière, qu'on ne peut pas
voir ce qui semble évident aux autres.

JE SUIS HEUREUSE… TROP HEUREUSE.

Et pour une fois, « trop » n'est pas une expression
de jeune !
Le bonheur est si fort qu'il me fait peur.
En fait, l'amitié, c'est l'amour qu'on ne fait pas…
Putain !
Avec mon mensonge du siècle,

Maël aussi doit penser que j'ai déjà couché avec un garçon !
Ouh là là, je ne sais plus du tout où j'en suis.
J'abdique. Bonne nuit.

JEUDI 23 OCTOBRE

C'est la méga-merde – et encore, je suis polie.
Depuis que j'ai réalisé que je suis amoureuse
de Maël, je n'arrive plus à me comporter
normalement avec lui.
Pour tout dire, je l'évite même un peu…
Quelle débile. Mais quelle débile !

VENDREDI 24 OCTOBRE

Samedi, ma mère a invité Julien
et ses parents à dîner. Tiens-toi bien, j'ai un plan :
je vais lui demander de coucher avec moi.
C'est mon ami d'enfance, il ne pourra pas
me refuser cette petite faveur ! Comme ça,
je n'aurais pas l'air d'une mytho si on le fait
un jour, Maël et moi… Et puis, j'en ai marre
d'être vierge. Au moins, Julien va m'apprendre
des trucs, je crois qu'il a couché avec un tas
de nanas. Bon, j'espère que j'aurai le courage
de mettre mon plan à exécution…

Et ça, c'est une autre histoire !!!

SAMEDI 25 OCTOBRE

Gros débat du moment :
« Faut-il ou non fêter Halloween ? »
Je préférerais qu'on organise une table ronde
qui aurait pour thème : « Faut-il risquer de foutre
en l'air mon amitié avec Maël + l'amitié entre
Maël et Arthur ? » mais voilà, il se trouve
que c'est Halloween. Même en Histoire,
on n'a parlé que de ça.
Question : qu'est-ce que j'en ai à foutre, moi ?!
Stéphane est contre cette fête qui « rend les
enfants obèses ». Son raisonnement est un peu
extrême mais bon, ça se tient.
Et moi, je pense que j'aime Maël.
À part ça, je n'ai pas d'avis. Enfin, si :
ce n'est même pas une fête française.
C'est commercial à mort. Ça me dégoûte.
Alors, peut-être qu'aux States, ils s'amusent

encore au lycée à se déguiser pour taxer
des bonbons, mais là, on est en France.
Donc je vote NON à Halloween. Et les filles
aussi, par la même occasion. Ouais. Sauf que
si j'étais déguisée et Maël aussi, on pourrait sortir
ensemble sans que personne ne sache que
c'est nous ! Je sais, il faut que j'arrête d'être
focalisée. Ça me prend la tête mais en même
temps, ça me fait vivre. Vivre. Je me sens
à nouveau vivante. À nouveau… ou pour la
première fois ? Je ne sais plus trop.
Je l'aime tellement ! J'ai peur que ça se remarque,
à force. J'ai peur qu'il le remarque.

OH LÀ LÀ. SURTOUT PAS.

LUNDI 27 OCTOBRE

C'était trop bien !
Le concert d'Emerganza !
Maël sur scène, il déchire !
Et non, je ne dis pas ça parce que
je suis amoureuse.
Bon, Ok.

**JE M'AVOUE OFFICIELLEMENT
AMOUREUSE DE MAËL.**

Mais sans rire, tout le monde dans la salle
hurlait son nom, « Maël, Maël »,
scandé à mort par les filles, je crois que
tout le monde le trouve beau – normal :
IL EST BEAU !
Sur scène, il attire même le regard des mecs !
Il a écrit une chanson, je ne sais pas
si c'est en pensant à moi mais j'en ai bien
l'impression ! « Brother and sister »,
ça s'appelle, style on était comme frère et sœur
mais maintenant, on s'aime d'un autre genre
d'amour…
Ok, c'est une traduction
un peu à la hache mais en gros,
je crois que le message est clair, non ?!
Ou alors, j'ai fait redémarrer mon film.
Putain, je sais plus **DU TOUT** quoi penser.

MARDI 28 OCTOBRE

Bon, dans l'ordre : j'ai eu le courage
de demander à Julien « ce que tu sais ».
Mais je n'ai pas reçu la réponse escomptée !
Comment il était choqué !
Si tu l'avais vu, il a failli s'étouffer ! On bédavait
sévère et, au moment où je lui ai demandé
s'il voulait coucher avec moi, genre pour
me rendre service (j'ai bien précisé, en plus !),
il s'est étranglé avec la fumée du bédo, il s'est mis
à tousser comme un enragé et il n'a pas pu me
répondre pendant cinq minutes !
Évidemment, la réponse a été « non ».
Et pourquoi, je te le donne en mille, Journal ?!
Par respect !
En gros, s'il ne me respectait pas autant,
ça aurait été possible ! Le truc à l'envers !
Quand même, les mecs, ils ne tournent
pas rond. Ils peuvent coucher avec une fille
qu'ils ne respectent pas, mais pas avec
une fille qu'ils respectent **TROP !** N'importe quoi !
Bref, je reste toujours seule avec mon problème.
Si jamais (mon Dieu, écoute-moi et exauce
ma prière !!!)… Donc, si jamais je couche
avec Maël, eh bien, je serais toujours… Beurk.
Même pas envie de l'écrire, ça me dégoûte.

Je n'aime pas ce mot, « vierge »,
genre comme la forêt ! Non, décidément,
je n'aime ni le mot,
ni ce qu'il signifie !
Allez, bonne nuit.
Demain, contrôle de Maths.
En ce moment, à part $1+1 = 2$, il ne faut pas trop
m'en demander, si tu vois ce que je veux dire !

● ● ● ● ● ● ● ● ● ● ● ●

JEUDI 30 OCTOBRE

joyeux halloween

MARDI 2 DÉCEMBRE

Bon, il va falloir faire quelque chose.
Provence est donc **AMOUREUSE** (c'est peu dire !)
de David Levy. Beau feuj chalala,
avec des bouclettes brunes et des slims de ouf,
tu vois le topo. J'avoue, il est pas mal.
Pas aussi beau que Maël, mais enfin,
chacun ses goûts !
Sauf qu'à Provence, il faudrait déjà lui expliquer
que pour séduire un mec, mieux vaut arrêter

de le harceler, de lui poser des questions,
de le mater tout le temps et de dégainer
son téléphone pour prendre des photos
de lui dès qu'il est dans le champ!
Parce que comme Tue l'Amour, la fille névrosée,
y'a pas pire. Il faudrait aussi lui dire que non,
pour attirer un juif, il ne suffit pas de l'appâter
avec une étoile juive autour du cou. En plus,
les parents de Provence sont hyper cathos,
coincés du cul à mort : s'ils la chopent avec ça,
elle se fait décapiter! Non, mais imagine le délire!
Tous les soirs, dès qu'elle rentre, elle doit penser
à cacher son étoile ; et tous les matins, avant
d'arriver à l'école, elle doit penser à la remettre
en espérant que Môssieur Levy lui dise :
« Ah bon ? Je savais pas que t'étais feuj ! »
Cette dingue est persuadée qu'après, ce sera facile
d'enchaîner, de trouver un truc tellement génial
à dire que le mec tombera instantanément
amoureux d'elle. Je me demande si, avec
les garçons, on reste débile comme ça toute
sa vie ou s'il y a un âge où ça s'arrange.
Visiblement pas, si on regarde mon père
et ma mère! Eux, ils gagnent quand même
le pompon! Putain, divorcer pour recoucher
ensemble même pas un an plus tard, franchement,
est-ce qu'on peut faire plus nul ? !

JEUDI 4 DÉCEMBRE

Dans quatre jours, c'est mon anniv' ! Maman est d'accord pour que je fasse une fête à la maison. Elle est même d'accord pour **QUITTER** la maison et aller avec les petits chez Mamie Linette, la mère de mon père. Seule ombre au tableau : c'est mon autre mamie (la mère de maman) qui va nous garder ! Je l'adore mais là, elle va avoir un choc ! En plus, Mehdi m'a dit qu'il avait un plan de ouf : un cousin de son oncle, bref, un gars des îles, fait pousser de la weed ultra naturellement, genre bio, pas une once de produits de synthèse ou je sais pas trop quoi. Enfin, il paraît que si tu fumes ça, tu rigoles toute la nuit et le matin, t'as même pas mal à la tête !
En plus, il s'est mis dans le crâne de m'offrir un cent feuilles, je ne sais pas si tu vois la taille du bédo –
100 FEUILLES !!!
Inutile de te dire qu'il va falloir trouver un plan B pour mamie : je suis pas certaine qu'elle apprécie, ni une

ni cent feuilles !
La pauvre, si elle
savait que je fume des
joints, elle se ferait
trop de soucis.
Déjà qu'elle a peur
que je sois anorexique
si je ne prends pas
de dessert !

Avec Maël,
ça avance plutôt bien.
On se parle sur msn
et Facebook.
Sans qu'il le sache,
je vais sur son
myspace pour le
mater en boucle
au concert
d'Emerganza.
Je passe tout mon
temps avec lui, mais
il n'est pas toujours
au courant !
C'est la magie
de la technologie.

Ma mère dit que
je mène une
« existence virtuelle ».
D'après elle,
je crois parler
avec des gens alors
que je me contente
de taper sur un clavier.
Visiblement, pour
les parents, c'est super
dur d'admettre
que nous, les ados,
on a aussi une
vie après le lycée,
qu'Internet nous
donne la possibilité
d'être partout en
même temps. En fait,
ils ont les boules

que ce temps-là, on
le passe avec notre
ordi plutôt qu'avec
eux… Mais comment
ils faisaient, avant
Internet? Comment?!
Je n'arrive même
pas à imaginer
une vie AVANT!
Là où maman
n'a pas tout à fait tort,
c'est que sur msn,
on se dit plein de
trucs, avec Maël.

On passe de plus
en plus de temps
ensemble, et ce temps
Nous appartient.
Personne ne
le sait. Enfin,
de mon côté,
je n'en parle
ni à Stéphane,
ni à Charlotte;
et du sien, je le vois

mal en parler
à Arthur! Du coup,
c'est notre moment
intime: on se raconte
notre vie. Mais quand
on se voit au lycée,
c'est comme si cette
intimité n'existait
plus, et c'est peut-
être ce que ma mère
entend par « existence
virtuelle », genre
« c'est pas la vraie
vie ». En même temps,
je ne vois pas pourquoi
nos échanges sur
le net seraient moins
réels que la Vraie
Vie…

Bref, je ne sais plus.

♥

EN TOUT CAS,
QUELLE QUE SOIT LA VIE
DONT ON PARLE,
JE L'AIME DE PLUS EN PLUS.

♥

FRIDAY 5 DÉCEMBRE

L'HORREUR !
L'HORREUR INTÉGRALE !
ARTHUR M'A TRAITÉE DE « PUTE ».

En plus, je sortais d'un contrôle de SVT
avec Gerbère, autant dire que je n'avais pas
vraiment le moral pour encaisser une fois
de plus ses insultes. Pour être exacte, il a dit:
« BARRE-TOI VIEILLE PUTE »
(ou sale pute? Pardonne-moi, c'est un peu flou,
je suis sous le choc!). Bref, je ne sais pas
ce qui m'a pris mais je l'ai attrapé par le col
du caban: j'avais une de ces forces, un truc
de dingue! Je l'ai trimballé d'un côté à l'autre
du couloir, il faisait mine de se moquer genre
« ouhh j'ai peur, j'ai peur » avec sa voix de fille,
mais en vrai, j'ai bien vu qu'il avait trop
la trouille! Et tu sais quoi?!
J'AI KIFFÉ QU'IL AIT PEUR DE MOI!

J'avais une force surhumaine, une envie réelle
et hyper effrayante de le tuer pour de vrai,
d'en finir une bonne fois avec ses sarcasmes –
toute la journée à me faire chier parce qu'il
ne supporte pas l'idée que j'ai couché avec un mec
(pffff, s'il savait!) et surtout, pire: que le prochain
soit peut-être Maël! D'ailleurs, c'est lui qui nous
a séparés. Encore une fois, heureusement
qu'il était là!
Sauf qu'évidemment, la CPE a été mise
au courant…
Elle nous a convoqués tous les trois dans
son bureau et Arthur a nié m'avoir insultée.

« Sale pute » (ou « vieille pute », hein, ce qui
compte, c'est quand même « pute ! »),
ce n'est pas une insulte dans son dico perso ?!
Bref, cette pute de CPE (mais là, attention,
ce n'est pas une insulte, juste **LA VÉRITÉ !**)
a appelé nos parents. Du coup, ma mère
a voulu annuler mon anniversaire !
D'où : l'horreur ! Heureusement, maman a fini
par comprendre. Enfin, j'ai quand même dû lutter
à mort pour lui faire entendre que c'était injuste
de me punir, alors que c'était Arthur qui m'avait
insultée. Et pour ça, il a bien fallu que je lui
raconte toute l'affaire depuis le début !

Du coup, elle a voulu savoir si c'était vrai
que j'avais couché avec un garçon, alors que
clairement, le problème dans l'histoire
était justement qu'il s'agissait d'un bobard ;
mais rien à faire, la pauvre, elle est complètement
obsédée. Bref, tout à fait le genre de conversation
que j'ai envie d'avoir avec ma mère en ce moment…!
Tout de même, ça lui a collé un sacré coup
sur la tête : j'ai vu dans ses yeux que soudain,
elle sentait que ça aurait pu réellement arriver,
que je n'étais plus une petite fille… Elle était
si démunie en face de moi ! Tout à coup,
c'était elle, la petite fille, quand elle m'a demandé
si cette histoire de cul était vraie ou non, comme si
ma virginité lui appartenait… C'est bizarre,

ce truc des mères de croire que notre corps leur appartient encore! Je sais qu'elle m'a allaitée hyper longtemps, mais quand même!
COUPE LE CORDON, MAMAN!
Et avec papa aussi, tu devrais le couper.
                              Si je peux me permettre.

*Arthur et Stéphane
avant qu'il devienne con,
avant qu'il me traite de pute.*

NUIT DU 8 AU 9 DÉCEMBRE 2008

IL DORT À CÔTÉ DE MOI.
J'AI MIS LE RÉVEIL À CINQ HEURES
DU MATIN : IL N'A PAS LE DROIT
DE DÉCOUCHER. ON A FAIT L'AMOUR.
ENFIN, ON A ESSAYÉ,
C'ÉTAIT PAS BRILLANT
AVEC LA CAPOTE ET TOUT !
JE TE RACONTERAI LES DÉTAILS
PLUS TARD. LÀ IL DORT ET IL EST TROP
BEAU POUR QUE JE PRENNE LE RISQUE
DE LE RÉVEILLER EN GRIBOUILLANT !
MAIS IL FALLAIT QUE TU SACHES :

JE SUIS HEUREUSE.

MARDI 9 DÉCEMBRE

Une bonne et une mauvaise nouvelle!

LA BONNE, c'est que visiblement, maman a re-quitté papa vu qu'il lui a re-menti sur ses « fréquentations » (le problème de mon père, c'est un peu comme qui dirait l'infidélité…).

LA MAUVAISE, c'est que du coup, elle est rentrée plus tôt de son week-end et on n'avait pas franchement fini de cleaner l'appart, si tu vois ce que je veux dire! Surtout, on n'avait pas descendu la poubelle, dite « poubelle de preuves », dans laquelle il y avait toutes les capotes (parce que Mehdi et Stéphane ont remis ça! Quant à nous, on a essayé plusieurs fois…)
Bref, il y avait une boîte vide entière, des cadavres de joints, notamment le fameux 100 feuilles (en vrai, ce n'était qu'un 25 feuilles, « plus, ce serait trop! » a décrété Mehdi en collant la 24e feuille. Il n'en pouvait plus de coller!
Il a passé la première partie de la soirée à ne faire que ça, « atelier roulage », il disait).
Ma mère est tombée sur le 25 feuilles – en tout cas, ce qui en restait, c'est-à-dire pas grand-chose!
J'ai pris cher, très cher… Mamie, la pauvre, elle était encore totalement stone à cause des cachets

qu'on avait pilés dans son verre
pour qu'elle dorme pendant la fête.
Elle aussi, elle a pris cher!

Ce que maman a pu l'engueuler!
Et puis après, elle m'a menacée de m'envoyer
vivre chez papa. J'étais tellement vénère
que je lui ai dit ses quatre vérités.
Je lui ai même balancé qu'elle était jalouse de moi,
alors que je sais bien que c'est faux…
Mais le pire: j'ai dit qu'en quarante ans,
elle n'avait pas été foutue de se trouver un autre
mec que papa. Là, j'ai vu que je lui avais vraiment
fait du mal, et c'était pas cool. On ne s'est plus
parlé de la journée et du coup, je lui ai demandé
un câlin par texto (je sais, c'est un peu lâche,
mais bon…). Pour la première fois, j'ai eu
l'impression que c'était moi qui lui faisais
le câlin, comme si je la consolais d'un truc
qu'elle ne voulait pas me dire, son histoire
avec papa et tout… Elle s'est endormie dans
mes bras. J'ai eu de la peine qu'elle ait de la peine.
Sinon, je n'ai eu aucune nouvelle de Maël.
Je crois qu'il se sent un peu mal, parce qu'il n'a pas
réussi à me faire l'amour. Pour les mecs, soi-disant,
c'est un peu la honte!
Demain, je lui parlerai…

MERCREDI 10 DÉCEMBRE

PAS FACILE À ABORDER COMME SUJET.
MAËL, JE T'AIME

JEUDI 11 DÉCEMBRE
C'EST FINI.

LUNDI 15 DÉCEMBRE

QUATRE JOURS QUE JE N'AI PLUS ÉCRIT...
C'ÉTAIT TROP DUR.

Par le début ? D'accord.
Conférence anti-drogue au lycée,
avec les parents invités. Maël, super beau,
col roulé blanc, je l'adore ce col roulé, il est juste
sublime dedans. Bref, on avait réussi à s'isoler
un peu avant la conférence, on s'est embrassés
et il m'a dit : « Faut pas que tu m'en veuilles Lola,
mais c'est super dur à assumer devant Arthur...
Je préfère qu'on fasse genre on n'est pas
ensemble... » Jusque-là, pas de problème,
je pouvais comprendre.
Je crois qu'Arthur se doutait de quelque chose,
en plus. Il n'arrêtait pas de me mater, moi de mater
Maël qui était assis à côté de lui, et ma mère
à côté de moi qui me disait : « Mais pourquoi
tu te retournes tout le temps ?! »

Absurde, comme situation.

Et puis, on est sortis. On devait aller tous
ensemble au café, mais ma mère n'a pas voulu.
Elle connaissait visiblement le flic qui avait animé
la conférence, une espèce de blond qui encore
plus visiblement la draguait, même si elle faisait
genre « je ne m'en suis pas rendu compte ».
Bref, ce n'est pas le sujet du moment !
Du coup, je ne pouvais plus rejoindre les autres,
mais je voulais quand même dire au revoir
à Maël…
Je l'avais vu rentrer aux toilettes.
Avec De Peyrefitte, cette grosse pute !
Alors je m'approche, j'entre et là… Elle était en
train de lui faire « je sais pas quoi » dans une des
cabines de chiotte ! Je les ai entendus, t'imagines ?!
Quand ils sont sortis, ils ont fait une de ces têtes
en me voyant ! Maël a fait genre « Mais de quoi
tu me parles », il m'a trop prise pour une conne,
comme si j'étais une hystérique paranoïaque !
De Peyrefitte, évidemment, elle jubilait.
Et encore, elle ne savait pas qu'on était ensemble,
Maël et moi (personne ne le savait, sauf Charlotte
et Stéphane, mais de toute façon on ne l'est plus !).
En plus, j'ai balancé à Maël qu'il avait fait ça
pour se rassurer : il devait être content
que quelqu'un n'ait pas vu qu'il est impuissant !
C'est horrible de ma part, d'avoir dit ça.
Horrible. Il ne me pardonnera jamais.

D'ailleurs, il a conclu par « On s'est tout dit »,
moi j'ai fait ma mine « j'en ai rien à foutre »
et, depuis trois jours, je suis écroulée sur
mon lit. Pour la première fois de ma vie,
ça ne me fait même pas du bien d'écrire.

Journal, tu ne m'aides pas à y voir
clair, je suis seulement sûre que plus rien,
jamais, ne sera comme avant, je l'aime tant !

● ●

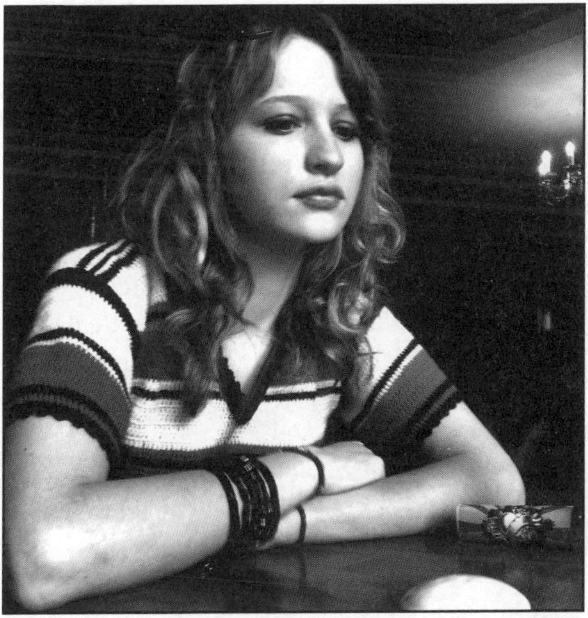

MARDI 16 DÉCEMBRE

Marre de ce lycée de merde!
Marre de cette ambiance pourrie!
Croisé M. dans les couloirs tout à l'heure
(je préfère l'appeler M., ça me fait moins mal).
On a fait genre « on se voit pas », alors que nos
épaules se sont frôlées.
Il m'a regardée bien en face, comme une parfaite
inconnue. Du coup, j'ai fait pareil. En plus,
il était avec Arthur, qui doit trop être content!
Je ne sais pas ce qu'il lui a raconté pour justifier
qu'on s'évite à ce point-là,
mais ça ne doit pas être joli-joli…
Je m'en veux d'avoir gâché une si belle amitié.
Je n'aurais jamais dû sortir avec lui.
En même temps, je l'aime trop, je ne sais
pas comment j'ai fait toutes ces années
pour ne pas m'en rendre compte…
Pourquoi c'est toujours quand les gens
nous manquent ou que ça tourne mal qu'on réalise
à quel point ils étaient importants pour nous?
Il paraît que ça fait pareil quand les gens meurent.
Personne n'est encore mort autour de moi,
j'ai tous mes grands-parents, donc je suppose.
En fait, personne n'est mort à part… moi.

Voilà, c'est exactement ça.
Depuis ce maudit jour des toilettes,
je suis juste morte.
Je me regarde vivre et je ne ressens plus rien.
Rien du tout.

C'est ça, la dépression ? Sûrement.
Il faudra que je demande à Stéphane de piquer
des cachets à sa mère, du Xanax par exemple.
Médicament palindrome, j'adore les palindromes !
Depuis que mamie m'a appris ce que c'est, je fais
tout pour en trouver de nouveaux. Genre... LOL !
Ça se lit dans les deux sens...
et ma vie n'a plus de sens. Wahou.

Si je me remets un jour avec Maël,
je lui écrirai une chanson ! Mais je ne serai
plus jamais avec Maël.
Arrête de délirer, ma pauvre Lola ! Et comme
une mauvaise nouvelle n'arrive jamais seule,
ma mère a reçu mon bulletin. Je vais me taper
des cours particuliers tous les soirs au deuxième
trimestre !

MARRE !
MARRE DE
TOUT !

JEUDI 18 DÉCEMBRE

C'est les vacances de Noël.
D'un côté, c'est bien : je ne me lève plus
aux aurores. Franchement, c'est quoi ce concept
de faire lever les mineurs tous les matins en pleine
nuit par moins quatre mille degrés ?
Même les adultes ne vont pas au bureau si tôt !
Je suis désolée, mais il y a une vraie différence
entre 8 h 30 et 9 h 00. À 9 heures, il fait jour !
Torture des adultes. Vengeance mesquine
de leur triste monde bureaucrate sur
notre éclatante jeunesse… Super éclatante,
la mienne. Dès que j'inspire, une boule
se serre dans ma gorge. Dès que j'expire,
des larmes se forment au coin de mes yeux.
Vacances riment avec absence ! Je ne vais plus
le voir pendant quinze jours et en plus, dès que
je lis noël, je vois maël, à cause du tréma.
Là encore, dans un monde d'adultes, quinze jours,
c'est pas grand-chose. Mais dans un monde
à notre échelle (à mon avis, la bonne), chaque
jour compte. Je ne sais pas comment je vais tenir.
Enfermée avec mon frère et ma sœur, en plus.
HEELLLPPPPP !

75

MERCREDI 24 DÉCEMBRE

Désolée Journal, je t'ai abandonné.
Je suis partie trois jours en Bretagne
avec Charlotte. Sa mère est définitivement
une psychopathe ! Elle a eu les encouragements
ce trimestre et malgré tout, ça ne lui suffit pas.
Elle dit que c'est moins bien que l'année dernière
(elle avait eu chaque fois les félicitations),
et elle lui a imposé de lire trois livres
en cinq jours ! Plus que j'en ai lu dans toute ma
vie ! Et puis tu t'en doutes, ce n'est pas vraiment
Oui-Oui au pays des hirondelles, plutôt
Guerre et Paix de Tolstoï – il y a deux tomes
en plus, mais pour sa mère, ça compte comme
un seul livre. À base de fiches de lecture et tout !
Je te dis : une psychopathe.

Aucune nouvelle de Maël.
Même d'écrire son prénom, ça me fait mal.
Je crois qu'il a été trop vexé que je le traite
d'impuissant. J'aurais dû me couper la langue !
Si ça se trouve, ils sont partis en vacances

ensemble, avec De Peyrefitte…
Non! Impossible!
Il ne pouvait pas la saquer!
Mais dans ces cas-là, pourquoi a-t-il couché
avec elle?! **POURQUOI?!**

Et puis surtout, avec elle, il a… réussi!
Je réfléchis, lentement mais sûrement,
à une vengeance. C'est vrai, pour l'instant,
je me contente de ne pas lui parler; mais ce
n'est pas assez fort, comparé à ce que je souffre!
L'humiliation, t'imagines?! Cette bouffonne
peroxydée de De Peyrefitte s'est collée
à lui comme une sangsue dès qu'elle a compris
qu'on ne se parlait plus! Non mais franchement,
il fallait le voir pour le croire! Et même moi
qui les ai vus, j'ai du mal!
Je ne sais plus comment il faut vivre.
Ou plutôt, je ne sais plus pourquoi il faut vivre.
Quand l'amour s'en va, quand il est assassiné
d'un coup, ça crée plein de Pourquoi dans la tête,
ça arrache du cœur toutes les envies.
Et « envie », c'est « en vie », non?
Bien trouvé, ça!

Je suis si triste.

JEUDI 25 DÉCEMBRE

Voilà, cher Journal, notre premier Noël ensemble !
Si ce n'est pas beau, tout de même !
Bon, ce sera sûrement le dernier aussi, parce qu'au train où vont les choses, tu n'auras jamais assez de pages pour tenir toute l'année, mon vieux ! Donc, comme tous les blaireaux du monde, on a fêté Noël en famille. Même papa est venu dîner. C'est nul, ces repas de fête où tout le monde fait la gueule. En plus, il faut qu'on m'explique ce concept de bûche ! Du gras et du sucre avec des nains de jardin dessus ?!
C'est ça, le grand kif des Français en dessert ?
Papa et maman ne sont pas près de se reparler.
Après le dîner, je les ai entendus se disputer.
Au départ, je crois que c'était à cause de mes notes.
Maman a dit que c'était très inquiétant et papa a rétorqué que ça pouvait arriver de ne pas être toujours au top…
Bref, ils en sont venus à s'engueuler, ça a dérapé sur le pourquoi de leur divorce, maman a craché que pour papa, rien n'était JAMAIS grave, même de – je cite – « baiser d'autres femmes que la sienne », le ton est sévèrement monté et on entendait tout, même s'ils étaient cachés dans la chambre de maman. Après, papa est parti.

Il nous a dit : « Je vous vois le 28 » et il a
claqué la porte. Il avait pleuré, je crois. Pendant
ce temps-là, mamie essayait de faire marcher
la Nintendo de Louise mais elle n'y arrivait
pas (évidemment, la console, ça aurait été un job
pour papa !). Du coup, Louise pleurait aussi.
Et moi, j'ai tout le temps envie de pleurer.
Donc : rien de nouveau sous le soleil.
Vraiment Noël, chapeau ! Et en plus, ça rime
avec Maël ! Joyeux Noël mon amour,
même si je te hais.

DIMANCHE 4 JANVIER

Désolée Journal, je t'avais (encore) oublié.
Pas la force de te raconter mes vacances.
Bretagne chez mamie, pour changer. Il n'y a pas plus chiant que la Bretagne en hiver ! Je ne sais pas comment les gens survivent dans des bleds pareils. Et la maison, il y a encore un Minitel dedans !
Un Minitel ! Il paraît que c'est pour ça que les Français sont tellement en retard, rapport à Internet. On avait tout misé sur le Minitel, même le patron de France Télécom n'y croyait pas du tout, à ce truc d'Américain !

VIVE LA FRANCE.

Demain, c'est la rentrée. Je n'ai pensé qu'à ça.
Je ne pense qu'à ça ! Je vais revoir Maël.
J'en meurs d'envie, mais rien ne me fait plus peur. C'est comme si j'avais du feu ET de l'eau dans les poumons. Un mouvement ultra contradictoire de vie. De mort, plutôt.
JE VEUX LE VOIR ET JE VEUX LE TUER.
C'est comme si la même flamme brûlait
pour éclairer deux concepts différents, d'un côté pour te réchauffer, de l'autre pour te brûler.
Quand je pense qu'ils brûlaient les sorcières, au Moyen Âge !

Un voisin te balançait, racontait que tu étais
hérétique, et hop, à la broche. T'imagines, sérieux,
brûler ? Enfin, il paraît qu'on meurt asphyxié
avant que les flammes ne nous crament
à proprement parler. Moi, j'aurais dénoncé
De Peyrefitte et je l'aurais regardée prendre feu !
Même pas vrai – mais impossible d'imaginer
la revoir demain. Elle va trop faire sa belle et moi,
il faudra que je me la joue décontractée. Y'en
a marre d'avoir en permanence l'air décontracté
alors qu'au fond, on brûle toutes à l'intérieur !

Même Stéphane… Je sais que Mehdi l'a re-quittée, vu que pour lui, le principe des vacances, c'est de faire des rencontres. Elle a fait semblant d'en avoir rien à foutre mais en vrai, elle en a vomi ! Je me demande si c'est un truc d'ado, de vivre une chose dramatique et d'être obligée de faire croire aux gens concernés qu'on s'en fiche. J'espère, parce que si ça perdure à l'âge adulte, ce petit cinéma, je sais DÉJÀ que je n'aurai pas la force ! Je ne suis même pas sûre d'avoir la force d'aller au lycée demain matin…

ALLEZ, ZOU, AU DODO !

LUNDI 5 JANVIER (3H DU MATIN)

JE VIENS DE ME RÉVEILLER EN NAGE.
OBLIGÉE DE CHANGER DE T-SHIRT,
TELLEMENT IL ÉTAIT TREMPÉ.
J'AI RÊVÉ DE LUI.
IL ME SOURIAIT ET JUSTE APRÈS,
IL SE MOQUAIT DE MOI.
COMME DANS UN FILM GORE !

HORRIBLE !

PRESQUE 6 JANVIER
(BIENTÔT MINUIT)

• • • • • • • • • • • • •

À la fois pire et moins pire que prévu !
On ne se parle PLUS, mais genre : plus du tout.
Je n'ai pas pu.
Je voyais qu'il n'était pas en colère, il m'a même
souri, mais… c'est moi.
Je n'ai pas pu.
Juste de le regarder, c'est une souffrance.
On dirait que je suis paralysée.
Je voudrais aller m'expliquer, je sais même
à la virgule près ce que je lui dirais.
Mais dès que je le vois, pouf, je reste figée
sur place, comme un putain d'iceberg !
Je n'arrive plus à bouger, je fais semblant
de ne pas le voir, histoire de jouer la meuf fâchée,
détachée ou hautaine.
En plus, on faisait mine de rire très fort
avec Stéphane et Charlotte, juste
pour leur mettre le seum !
Débiles !
De vraies gamines !
Et puis, l'autre peroxydée a déboulé.
Elle l'a pris dans ses bras et il ne l'a même
pas rejetée, sauf quand il m'a vue les regarder.
Mais bon, le mal était fait.
Quand je les vois l'un à côté de l'autre,
ça me troue le cœur !

MERCREDI
7 JANVIER

Cette fois-ci, Julien est ok pour m'aider.
D'après lui, ce qui fait le plus chier un mec,
c'est de voir sa meuf avec un autre.
La jalousie, quoi ! Basique et efficace !
Il est d'accord pour faire style
« c'est mon keum ».
Il va venir me chercher demain
avec sa moto,
pour bien foutre les nerfs à Maël.
Après, soit il se bouge,
soit c'est vraiment mort…

C'EST BON, LA VENGEANCE, QUAND ÇA FONCTIONNE !
TROP BON !

Stéphane ou le guide du Mariage !
HA-HA-HA

JEUDI 8 JANVIER

Bon, visiblement, ce n'est pas vraiment mort !
Il nous a trop matés, si tu avais vu ça ! Il faut
dire qu'on a eu un coup de bol chanmé ! À peine
installés devant le lycée, genre bien en évidence,
la moto, Julien et moi, hop, Maël est sorti. Il est
quasiment TOMBÉ sur nous et là… en avant !
Julien m'a pécho, moi j'en ai fait des caisses,
à base de bras autour du cou, à le regarder comme
si c'était la putain de Joconde ou je ne sais pas
quel chef-d'œuvre dans je ne sais pas quel musée.
Il paraît qu'on avait l'air trop amoureux (dixit
Stéphane), Maël est devenu vert (dixit Charlotte).
Il n'a pas arrêté de les questionner, genre « c'est
qui ce mec ?! ». Stéphane lui a répondu sans se
démonter : « Ben, c'est Julien ! Pourquoi, ça te pose
un problème ? » Là, hyper énervé, il a rétorqué :
« Trop pas ! » Il a pris sa pute peroxydée sous
le bras en nous matant style « c'est ma meuf »,
et ils sont partis tous les deux, soi-disant pour
acheter des garrots. Tu parles d'une dignité ! Non
seulement c'était très agréable d'embrasser Julien
mais en plus, ça a marché du tonnerre.
Maël a essayé de m'envoyer des messages sur msn
toute la soirée, mais j'ai fini par le bloquer. Je ne
veux pas re-craquer.

Pas maintenant !

LUNDI 12 JANVIER

• • • • • • •

Dans l'ordre ? ok, dans l'ordre.

Ma mère se fait draguer par le flic : cette fois, j'en suis quasiment sûre !
Elle se cache pour parler au téléphone et je sais que ce n'est pas papa au bout du fil…
J'ai chopé un texto d'un certain « LUCAS », qui lui donnait rendez-vous dans la journée.

Je n'aimais pas qu'elle se soit remise avec papa, mais je ne suis pas du tout sûre d'aimer l'idée qu'elle ait un autre mec que lui… Un flic, en plus, l'horreur !

En même temps, je n'aime pas non plus l'idée que ça me rende jalouse… Enfin, ce n'est pas « jalouse », le terme approprié.
C'est plutôt « bizarre ».
Avec papa, je n'imaginais pas l'amour de mes parents. C'était un fait avéré, ils avaient toujours été ensemble et ça ne se remettait pas en cause.

C'était mes parents, ils avaient fait des enfants,
la vie suivait son cours, tout était normal.
Après, il y a eu le divorce.
Bon ! Là, personne ne nous a demandé notre avis,
c'était comme ça. Il fallait s'habituer à avoir deux
maisons, un week-end sur deux et patati et patata,
leur espèce de discours à deux balles façon Dolto.
D'ailleurs, c'est trop drôle : quand ma mère veut
m'imposer un truc ou juste me dire non, elle ajoute
souvent : « Je ne suis pas Dolto, moi, à tout devoir
tout expliquer à tout le monde ! » Au fond, elle
déteste imposer des trucs, ma mère. Elle est cool
mais depuis qu'elle est seule avec nous, elle a peur
qu'on en profite. Du coup, on dirait qu'elle se force
pour ne pas être « trop cool »…

Bref, il n'empêche
que là, c'est une nouvelle nouveauté (ça ne doit
pas trop se dire, nouvelle nouveauté ! LOL) !
Un nouvel homme dans sa vie…
Ça me fait bizarre, vraiment.
Un mélange de plaisir et de peur.

Je veux qu'elle soit heureuse, bien sûr,
mais je ne veux pas encore changer de vie…

En fait, je n'ai pas envie d'avoir à m'adapter
à quelqu'un. À un homme. Au début, il serait
tout gêné, il ne dérangerait pas. Mais au bout
d'un moment, il paraît qu'ils prennent leurs aises
(Stéphane a trop l'habitude des beaux-pères!)
et ensuite, ils te disent quasiment non à la place
de ta daronne quand tu demandes si tu peux aller
au cinoche ce soir…
Hors de question! J'irai au ciné quand je veux
et avec qui je veux! Bon, je sais bien,

on n'en est pas là.

JEUDI 15 JANVIER

J'ai déjeuné au Mac Do avec les filles. Maël, Arthur et Mehdi étaient déjà là mais en entrant, on a fait semblant de ne pas les avoir vus. Sauf qu'on n'a pas arrêté de les mater… et eux aussi, bien sûr. Du coup, Maël m'a envoyé un texto. On doit se voir tout à l'heure, il veut me parler. J'ai dit ok, mais j'ai envie d'annuler… et en même temps, tellement envie de le voir ! Voilà. Il a une demi-heure de retard et il est sur messagerie. Je vais le tuer. Je te jure : je vais le tuer. Bon. Pas de chance : ça m'a juste collé un peu plus le cafard ! À mort la guerre, les cons et les Maël.

MAIS QU'EST C'QU'IL EST BÔ !

DIMANCHE 1ᴱᴿ FÉVRIER

Désolée, Journal.
Pas eu la force d'écrire.

LUNDI 2 FÉVRIER

Toujours pas de news.
À mort la vie.

Maël est un con,
OUBLIE-LE LOLA !
Il ne sert à rien !
Et si il n'a pas compris qu'il perdait la femme de sa vie, tant pis pour lui.
TU MÉRITES BEAUCOUP MIEUX !

♥ Charlotte.

3 FÉVRIER

C'est sans doute vrai. Maël a certainement perdu
la femme qui le comblerait le plus dans sa vie…
Personne ne pourra jamais l'aimer comme moi.
Mais alors, pourquoi je souffre et pas lui ?
Cette débile de De Peyrefitte est sans arrêt collée
à ses basques, à faire style « j'ai gagné la bataille ».
Comment Maël peut-il se laisser faire à ce point ?!
Et elle ? Comment elle a pu oser me piquer mon
mec ?! C'est juste un jeu, pour elle ! Mais le pire
dans tout ça, c'est que je croyais Maël quand il me
disait tous ces trucs sur elle, quand il me racontait
qu'il la trouvait trop laide et trop conne…
Visiblement, ses seins ne sont pas trop cons, eux !
Et c'est moi, la conne !
Avec cette ambiance plombée, je n'ai même plus
envie d'aller en Angleterre. Ça ne sert à rien,
si c'est pour voir leur manège. Ça ne m'intéresse pas.

> C'est décidé, j'arrête le lycée.

SAMEDI
7 FÉVRIER

Visiblement, à 15 ans, on n'a pas le droit
d'arrêter le lycée pour des raisons dites
« superficielles ». Parce que le cœur brisé
d'une femme, c'est superficiel peut-être ?
Encore une fois, les « grands » décident
pour nous, sans chercher à comprendre !
C'est d'un égoïsme ! Qui a le droit de prendre
des décisions qui nous concernent,
à notre place et soi-disant pour notre bien ?!
Mon bien à moi, c'est de ne plus avoir à croiser
Maël et l'autre tepu !
En même temps, je vois bien qu'il essaye
de renouer le dialogue. Il m'a même appelée,
l'autre soir, avec son petit ton tout mielleux.
« Lola, faut absolument que je te parle. »
J'étais à table avec ma mère qui me matait
au téléphone, on aurait dit qu'elle allait
me mitrailler avec ses yeux au moment
où j'ai décroché ! Elle m'a hurlé dessus pendant
qu'il me parlait, l'enfer ; car même si je l'ai joué
genre « j'ai pas envie de te parler », j'avais trop
envie de lui parler. Et là, ma mère a juste PÉTÉ
un câble. Non mais je veux dire : pour de vrai. Elle
s'est mise à hurler, style « J'en ai marre que tu sois
tout le temps au téléphone, va ranger ta chambre,

mange ton dîner », tout ça en même temps,
bien sûr. Du coup, j'ai pété le même câble,
et Maël a raccroché. Ça m'a au moins évité
de réfléchir à ce que j'allais lui dire…
Je crois que j'ai juste eu le temps de lui caser
que j'en avais marre de ses mensonges !
Je ne sais pas ce qu'elle a, ma mère, en ce moment.
On dirait que dès qu'elle me voit, je l'énerve.
Pourtant, elle a l'air d'être intéressée par
son nouveau mec, « Lucas », celui du contrôle
anti-drogue. Un flic, putain, je ne m'y ferai jamais !
Il nous manquait plus que ça pour devenir
une famille totalement déglinguée.
Genre : la cerise sur le cake.

LUNDI 9 FÉVRIER

• • • • • • • • • •
Pffff, c'est naze, la vie.
Il pleut, en plus.
Le ciel pleure avec moi.
• • • • • • • • • •

MAEL

LOLA
+
MAEL

pause café

JEUDI 12 FÉVRIER

L'autre soir, j'ai invité Charlotte à dormir
à la maison et il s'est passé un truc assez
bizarre. On parlait de De Peyrefitte et Maël.
Là, elle m'a certifié que le sexe, c'était la chose
la plus importante pour un mec, même plus
importante que l'amour ! Et puis après,
elle m'a parlé de point G, de clito, elle m'a raconté
comment elle kiffait trop de se toucher devant
des vidéos porno et tout ! Je n'ai pas osé lui dire
que ça me gênait qu'on parle de ça. C'est étrange,

d'ailleurs ! Pourquoi ça me gêne de parler
de ça avec ma meilleure amie ?! En fait,
elle me parlait de son plaisir, de ses fantasmes,
elle me parlait de cul, quoi ! Comme un homme !
Charlotte pense que les mecs sont à disposition
pour notre plaisir, que c'est ça, la grande
révolution du XXIe siècle. Après, elle est partie
dans une drôle de phase à propos de
sa grand-mère qui n'avait jamais joui,
un truc du genre. Déjà moi, rien que d'imaginer
parler de sexe avec ma grand-mère… !
Bref. À l'entendre, on aurait dit qu'elle avait
une putain de revanche à prendre au nom
de toutes les femmes de sa famille, quitte à baiser
avec n'importe qui. Ce qu'elle veut, Charlotte,
c'est prendre du plaisir. Limite, le mec au bout,
elle s'en fiche ! Au lycée, elle se fait traiter
de pute par plein de meufs mais elle raconte
qu'elle s'en fout, et je crois qu'elle le pense
sincèrement. C'est dingue, j'aimerais bien être
forte comme elle. Vraiment ! Mais en même temps,
pour moi, l'amour est LA valeur au-dessus de tout.
L'amour et l'amitié… Maël, quoi !

BON, JE N'EN PEUX PLUS DE TOURNER EN BOUCLE SUR LE SUJET.

SAMEDI 14 FÉVRIER

C'EST LA SAINT-VALENTIN !

À ton avis, Journal, y a-t-il un truc plus horrible sur Terre que de croiser l'homme qu'on aime avec une autre nana sous le bras le jour de la Saint-Valentin ?!
En même temps, ils n'ont pas vraiment l'air d'être ensemble.
L'autre soir, il a essayé de me parler, comme s'il avait voulu s'expliquer… m'expliquer.
Et si c'était moi qui faisais fausse route ?
J'en ai marre, j'ai l'impression que ce journal ne me sert qu'à parler de Maël alors qu'au départ, je voulais mettre mes impressions, des trucs normaux, des réflexions sur le temps qui passe, ma mère… À la base, c'était même pour parler du divorce de mes parents que je me suis mise à écrire…
C'est horrible mais ça me semble si normal qu'ils se soient séparés que je n'en parle jamais !
À croire que ça ne me fait rien…
Alors qu'au fond, ça me fend le cœur, et pas qu'un peu. Mais tout le monde divorce.
Et eux, ils ne m'ont pas fait souffrir avec des histoires de gardes alternées ou des trucs du genre. Stéphane, par exemple : elle ne voit jamais son père.

Il s'en fout, d'elle. Il ne l'appelle jamais,
il ne déjeune pas avec elle… Depuis que
ses parents se sont séparés, c'est comme s'il était
mort. Il a fait un autre gosse à une fille qui a limite
notre âge, une nana qui parle genre serbo-croate
ou tchétchène, enfin bref, une Russe. Stéphane dit
qu'ils se sont rencontrés sur un shooting (son père
est photographe) mais en tout cas, elle est à peine
majeure et elle a fait un « bébé casse-croûte »,
un truc pour lui assurer une pension et peut-être
la nationalité française.
Son père – qui a quand même cinquante balais ! –
est raide dingue d'elle, si bien qu'il ne veut pas
lui coller Stéphane dans les pattes… Une fille
qui a presque l'âge de sa femme, t'imagines ?!
En comparaison, j'ai beaucoup de chance.
Sauf que je suis SEULE le jour de la Saint-Valentin !
D'ailleurs, qui a inventé ce concept pourri ?
Avant, quand j'étais petite, il y avait Noël
grand max. Maintenant, il y a toutes ces fêtes
américaines sorties de nulle part, comme si on
en avait quelque chose à foutre, nous, de leurs
concepts commerciaux débiles ?
Je dis ça parce que je suis en colère…
En vrai, j'aurais tellement aimé être dans ses bras !
Son sourire me manque. Ses épaules me manquent.
Et aussi quand il me jouait de la guitare.
Bon, je vais pleurer un bon coup…

Ça ira mieux demain.

DIMANCHE 15 FÉVRIER

OK, ÇA NE VA PAS MIEUX.

GENRE :
PAS DU TOUT !

LUNDI
16 FÉVRIER

J'ai une maison,
pas vraiment de problèmes d'argent,
je mange à ma faim,
je suis plutôt jolie,
j'ai des parents à la cool.
Moi-même, je suis plutôt cool…
Mis à part qu'en moins d'un an, j'ai été
trahie par mes deux petits amis, que ma mère
a complètement viré de bord en m'évinçant
de sa vie et que mes notes sont en chute libre…
mais sinon : TOUT VA BIEN !
Ah ! Ça remonte le moral, de se concentrer
sur le positif ! Excuse, je reviens, je vais pleurer.

PS : MARRE DE PLEURER TOUT LE TEMPS !

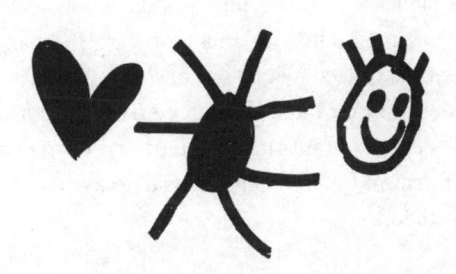

VENDREDI 20 FÉVRIER

Pour changer, l'autre jour, je me suis trop tapé une barre avec Stéphane. On sortait du Luce, on avait bu plein de thés bien chauds (on n'a pas arrêté de demander de l'eau chaude et on a fait genre cinq thés pour le prix d'un, trop fortes). Bref. On sort et Stéphane avait oublié d'aller aux toilettes. Forcément, elle avait super envie de faire pipi, mais on devait absolument rentrer. Et plus on marchait vite, plus ça lui donnait envie… Je lui ai dit de s'arrêter entre deux voitures… mais la voilà qui se met à pisser au milieu de la rue! Débarquent deux flics, tu vois le topo?! J'essaye de la cacher comme je peux mais impossible, ils voient bien qu'elle est derrière moi! Là, ils nous demandent nos papiers d'identité – ils devaient penser qu'on était ivres ou un truc du genre. Mais Stéphane, elle ne pouvait plus s'arrêter de faire pipi à cause des hectolitres de thé, avec la tête du flic au-dessus d'elle qui criait: « Vos papiers! », et elle qui répondait: « Je peux finir?! » En conclusion, on a trop rigolé et ça faisait longtemps que ce n'était pas arrivé… Ça m'a vraiment fait du bien. En fait, ce n'est pas parce que les choses vont mal qu'il faut arrêter de rire… Au contraire! Il faut créer le plus d'occasions possibles, même bidon.

Et après, on oublie tout!

~~LUNDI~~ MERCREDI 25 FÉVRIER

Quand je te disais que **CHARLOTTE ÉTAIT UNE OBSÉDÉE !** Je le pense à 100 % ! Son dernier trip consiste à vouloir se taper le prof de maths. Elle lui a même demandé des cours à domicile, mais il a refusé. Hier, elle le rencontre au supermarché. Il est tout seul et cette folle se dit : « C'est bon, l'affaire est dans le sac ! » **LE MEC, IL A 30 ANS ET IL EST PROF DE MATHS ! NO WAY JESUS !** Elle ne voudrait pas se taper des mecs de notre âge, pour changer ?! Le soir, elle fait faire des trucs chelous à des mecs via une webcam. J'aimerais bien voir ça ! Quand on y réfléchit, ça fait un peu salope, quand même. Si sa mère voyait ça, elle mourrait dans la seconde ! Surtout sa mère ! Dans le genre coincée du cul, elle est trop dingue. Pour rien au monde je ne voudrais avoir sa mère !

JEUDI 26 FÉVRIER

JE CROIS QUE MAMAN ME CACHE UN TRUC.

D'abord, mamie nous garde de plus en plus souvent. Ensuite, elle a recommencé à se mettre du rimmel tous les jours. D'habitude, elle n'en met que pour les grandes soirées. Et puis elle regarde souvent son téléphone, comme quand on attend un texto. Si elle est amoureuse, le pire, c'est que ça me fait bader. Je serais contente pour elle bien sûr, mais ça voudrait dire changement, nouveauté, nouvel homme dans la maison, et je n'ai pas du tout envie de ça. Surtout en ce moment.
Je ne suis qu'une égoïste. Je ne veux pas le bonheur de ma mère.
Enfin, c'est pas exactement ça, mais…
Tu vois ce que je veux dire. Ma tranquillité passe avant tout. Je n'en peux plus, moi, des changements. À part ça, mon prof de français privé est assez mignon. Il est étudiant à la Sorbonne et il dit que c'est naze, les études. Comme s'il avait besoin de me convaincre !

Mais il m'a fait comprendre un truc incroyable :
l'écrit, c'est le miroir de l'âme. Il a même ajouté :
« C'est le bras des manchots ! » C'est pour ça que
j'écris autant, en ce moment. Mon journal,
c'est tout ce qui me reste pour exprimer l'océan
boueux qui se déchaîne en moi. L'encre et le
papier. Et si je devenais le nouveau Boris Vian ?!
En meuf ?!

VENDREDI 27 FÉVRIER

JE SUIS CONTENTE
- UN TRUC DE OUF !

DE PEYREFITTE QUI
<u>NE VIENDRA PAS</u>
À LONDRES

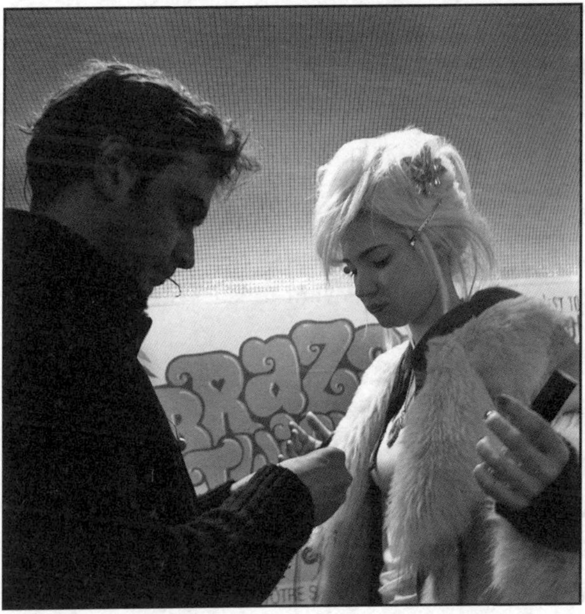

– De Peyrefitte ne peut pas venir
en Angleterre!
– YOUHOU !
– Voilà la preuve ultime, Journal,
qu'il y a une justice : appendicite !
Le truc qui n'arrive que dans *Gossip Girl*
ou *Les Frères Scott* ! « Deus ex machina »,
ça s'appelle, genre un retournement
de situation digne des meilleures
séries américaines !
– Elle ne sera plus là,
– à coller Maël sous sa choucroute platine,
– à minauder devant tous les mecs comme
une garce.
– Ça m'a libérée d'un poids,
– tu n'as même pas idée !
– Je n'avais pas envie de participer
à ce voyage,
– juste à cause d'elle…
– Mais attention, ça ne veut pas dire
que Maël et moi, on va se remettre
ensemble, hein !
– Ni même qu'on discutera, d'ailleurs !
– Je ne lui pardonnerai pas.
**– MAIS, QUAND MÊME :
ÇA CHANGE TOUT !!!**
– Elle était comme de l'huile solaire
sur des lunettes,
– à gâcher la vue.
– Et maintenant, l'horizon est d'une pureté…!

C'est bizarre…
– Pourquoi je lui en veux autant, et moins
à Maël ? Évidemment !
– Parce qu'elle, je l'ai toujours haïe.
– Alors que lui, je l'ai toujours…
enfin, tu vois.
– Combien de temps peut-on aimer
quelqu'un avec qui l'on n'est plus ?
– En tout cas, je me sens toute légère.
– MERCI, MON DIEU.

(Oui, ça y est, j'ai décidé de croire en Dieu !)

MINUIT

Charlotte s'est fait choper avec mes strings
dans sa valise – enfin, ceux que je lui avais donnés.
Du coup, sa mère la menace de l'empêcher de partir !
Je l'ai rassurée en lui disant que le voyage
était déjà payé : même De Peyrefitte n'a pas pu
se faire rembourser, et sa mère est tellement radine
que Charlotte ne risque rien ! On a trop rigolé,
avec ça. La tête de cette vieille catho balançant
des strings dans toute la chambre en faisant
des signes de croix ! LOLOLOLOL !

J'ai tellement hâte d'être en Angleterre !

Le truc chiant dans un voyage scolaire,
c'est la valise. Quoi emporter ? Quoi ne pas
emporter ? Je me connais : la peur de manquer,
de ne pas avoir la bonne fringue pour la bonne
occasion. Donc, je vais juste TOUT prendre,
je vais avoir une valise de quatre tonnes et tout
le monde va se foutre de ma gueule ! Tant pis !
Il paraît que ça caille, là-bas.
Charlotte m'a raconté que sa mère l'avait envoyée
un milliard de fois en Angleterre et à chaque
séjour, elle était tombée dans des famille
archi-relous, genre grave dans le besoin : c'est
justement pour ça qu'ils accueillent des petits
frenchies, ça leur fait gagner de l'argent !
Toujours est-il qu'ils font des économies sur tout,
chauffage, bouffe, bref, tout ce qui peut te rassurer
quand t'es loin de ta famille. En même temps,
ça ne me déplaît pas d'être un peu loin de ma mère,
en ce moment. Elle est vraiment trop chelou.

J'ai maté dans son portable. En fait, non, je n'ai pas
vraiment maté mais comment dire, il était devant
moi, sur la table… Elle a reçu un texto et je n'ai
pas pu m'empêcher de le lire : « Pense à toi ».
De… ? Je te le donne en mille, Journal ?!
De Lucas, évidemment ! Tu peux le croire ?!
Je vais devenir la belle-fille d'un flic en charge
de la brigade des Stup' !

SAMEDI 28 FÉVRIER
● ● ● ● ● ●

Bon voilà : demain, c'est le grand départ. Ma valise est bouclée. Ça me fait un peu bizarre de partir aussi loin de chez moi, sans ma mère ni rien. C'est super excitant parce que je serai avec mes potes, mais je me dis que ces expériences en solo, ce n'est pas fait pour nous rapprocher, maman et moi. C'est dur de rester proches, de continuer à partager des choses, et de faire pourtant SA vie. Comment font les adultes pour avoir des amis, un travail, des enfants, un conjoint ? Comment réussir à tout combiner sans rien sacrifier ? C'est mission impossible. Déjà moi, je n'arrive pas à cumuler le lycée, mes potes et mes parents… Quand j'aurai un travail, qu'est-ce que ce sera ! Bon, pour le moment, je vais penser à mon voyage et profiter de la vie. On improvisera ensuite ! Bonne nuit, Journal. Demain, on se lève tôt !

PS : POURVU QU'IL NE PLEUVE PAS TROP, LÀ-BAS ! SINON, JE MEURS !

DIMANCHE 1ER MARS

JE SUIS DANS LE CAR.
« C'EST QUAND QU'ON ARRIVE ?? »

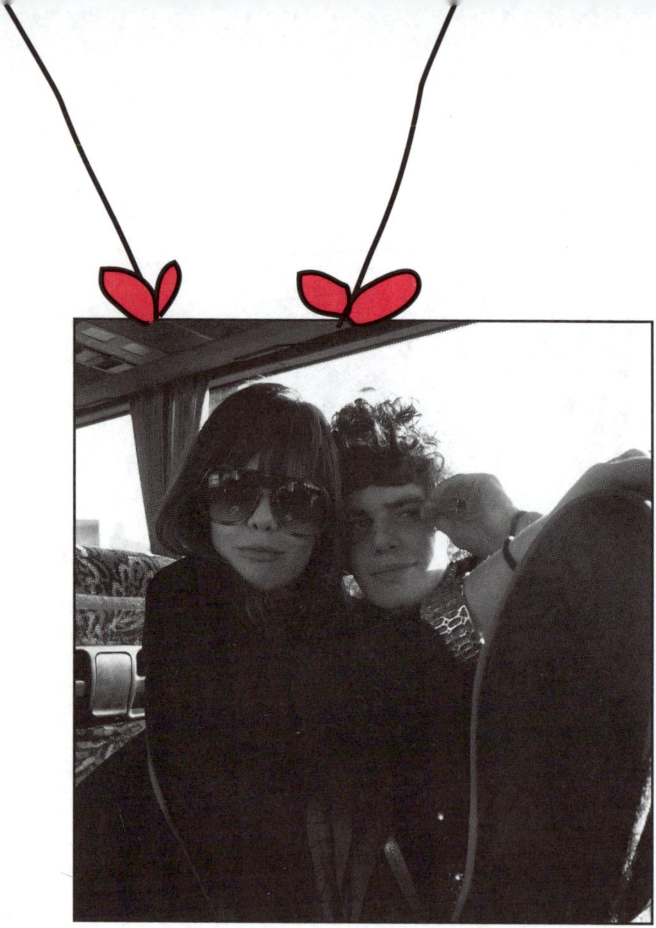

MARCH 1ST 2009

WELCOME TO ENGLAND!
WE'RE ARRIVED.
IT'S RAINING AND EVERYTHING IS GREY.
TOO BAD!
I ALREADY HATE THIS COUNTRY!

MARCH 1ST 2009

Bon, je ne vais pas la faire en anglais, vu que je n'aurai jamais assez de vocabulaire – LOL!

ON EST ARRIVÉS
Le Temps est pourri.
Je n'en reviens pas, tout est moche et triste!
Même nos familles d'accueil sont moches et tristes!
Putain, le bad trip…

Bon, ce n'est pas grave.
Finalement, le car, ce n'était pas si long que ça.
Par je ne sais quelle présence d'esprit, Maël est venu s'asseoir à côté de moi. J'avoue, je n'étais pas vraiment pour, au début.
Mais ça nous a permis de discuter, et ça valait la peine! Parce que visiblement, ce n'était pas Maël qui faisait un truc avec De Peyrefitte, ce jour-là dans les toilettes… Donc, c'était un quiproquo! C'est comme ça qu'on dit, n'est-ce pas? Alors, la grande question:
mais qui cela pouvait-il bien être?! Parce que je ne suis pas cinglée: j'ai bien entendu des bruits, et des bruits plus que chelous!

Quoi qu'il en soit, ça m'a fait un bien fou
de savoir la vérité.
Maël, mon Maël, n'est donc pas comme
tous les autres ! Je comprends mieux pourquoi
Isabelle (= De Peyrefitte) en rajoutait trois
tonnes… Quand il n'y a rien de fondé,
il faut toujours en faire des caisses pour
que les autres y croient ! Quelle salope !
Bien contente qu'elle ne soit pas là ! Alors, vu
qu'il n'y a pas eu de trahison, je n'ai plus rien
à pardonner. J'ai quand même dû m'expliquer
sur l'épisode « Julien », dire à Maël que ce n'était
qu'un coup monté pour lui faire bouffer de la terre…
et ce n'était pas très glorieux, comme récit.
D'après Maël, ça l'a foutu « hors de lui ».
Mais c'est du passé, tout ça. Le principal
est sauvé. Il était trop mignon, en plus. Il a collé
son petit museau contre moi, dans mon cou,
il faisait le petit chien mignon, celui qui
cherche à se faire pardonner.
Je l'aurais bouffé tellement il était beau !
Et on s'est embrassés. Dans le car, devant
tout le monde ! Sauf que tout le monde
dormait… ! LOL.

Je l'aime tant !
Je suis si heureuse.

2 MARS

La famille dans laquelle je suis avec Charlotte,
C'EST L'ANGOISSE ABSOLUE !
Je ne sais même pas par où commencer.
Ça m'avait frappée hier soir en arrivant,
mais je dois dire que ce matin, en pleine lumière,
j'ai failli vomir.
Tout est d'un kitsch ! Et à l'effigie de Lady Di !
Même le mari ressemble au Prince Charles.
Quant à la petite fille, c'est le sosie de la Princesse.
Ils l'ont appelée Diana, t'imagines ?!
Tu peux juste le croire ?! Moi pas !
De vraies caricatures, ces gens-là. À ce point,
je ne pensais même pas que ça existait.
Ils ont l'air d'un coincé, en plus ! Ça ne va pas
vraiment être le délire tous les jours, j'en ai peur !
Mais la bonne nouvelle, c'est qu'on est tous
dans la même galère. La famille d'accueil
de Stéphane et Provence est catho à mort,
genre prières et bénédictions avant les repas,
encore plus dingue que la mère de Charlotte.
Mais le pire, c'est Maël et Mehdi, avec la fille
handicapée. Ça va être chaud à gérer pour eux,
comme situation ! Ils sont du genre à se foutre

Paul-Henri!

de la gueule de tout le monde, mais il
ne faudrait pas la blesser… C'est vrai,
c'est quand même pas marrant, d'être
trisomique. Enfin, j'imagine qu'elle
ne comprend pas le français…
Si ça se trouve, elle ne comprend même
pas l'anglais! Mdr!
Sinon, rien à signaler.
Le temps est toujours
aussi mouillé, je dirais!

AH, MAIS SI! J'ALLAIS OUBLIER!
Je SAIS qui baisait dans les chiottes!
Attention, par contre, c'est ultra-choquant,
prépare-toi… C'était Charlotte (bon, ça,
ce n'est pas spécialement choquant)…
ET PAUL-HENRI!!! Le truc de **DINGUE!**
Bien évidemment, elle m'a fait promettre
de ne rien dire à personne. En même temps,
quand tu te tapes Paul-Henri, c'est clair
que t'as pas envie de le crier sur les toits,
ce petit bourge tout gringalet avec ses chemises
en vichy! Mais LOL, quoi! Je veux dire,
c'est incroyable!

à Covent Garden, toujours

Heureusement que Maël est revenu
vers moi avant que je ne l'apprenne,
parce qu'après tout ce que je lui ai fait
et tout ce que j'ai dit sur lui, j'aurais eu trop honte
de moi et je n'aurais jamais osé aller m'excuser.

**ALORS, MA CONCLUSION :
TOUT VA POUR LE MIEUX
DANS LE MEILLEUR DES MONDES !**

C'EST TROP BIEN, LONDRES !

Bon, au niveau architectural, je n'en sais rien.
Je veux dire, si déjà je ne m'intéresse pas
à l'architecture de Paris, pourquoi m'intéresser
à celle de Londres ?!
Ce matin, ils nous ont fait visiter les endroits
célèbres, genre Buckingham Palace et Big Ben.
Mais cet après-midi, on a fait les boutiques !
Et il y a des fringues trop stylées, ici !
C'est grunge, c'est rock, je ne sais pas vraiment
comment le définir, mais ça pète !
Ma mère va être dégoûtée : je me suis trouvé
un petit haut pile comme elle les aime !
Mais celui-là, no way, je ne lui passerai jamais !
Par contre, il fait vraiment trop froid.
Merci, Maman, pour ton pull en cachemire !
Sans lui, je serais déjà transformée en glaçon
vu que les fans de Lady Di ne mettent pas
le chauffage la nuit, alors qu'il doit faire
deux degrés dehors !
Des malades !
Quand je dis que les Anglais, ils sont radins
sur le chauffage !
En même temps, avec la couverture sociale
de merde qu'ils ont, s'ils lésinent trop côté

radiateurs, ils vont tous mourir d'une pneumonie sans pouvoir se payer les soins !
Dommage que je n'aie pas le vocabulaire suffisant pour leur expliquer ça en anglais…
J'aurais PU les sauver ! LOL.

MERCREDI 4 MARS

AVEC MAËL C'EST... LE PARADIS.

On est à nouveau ensemble.
J'attendais un peu avant de confirmer l'info,
mais voilà. On ne le montre pas aux autres,
pour que ça nous appartienne rien qu'à nous,
cette fois-ci. Pour ne plus laisser des gens sans
intérêt – au hasard, des gens comme De Peyrefitte
– se mettre entre nous.
Alors, on reste discrets. Dans le métro,
on se prête une oreillette d'Ipod ; dans un magasin
de fringues, il me demande des conseils. Il me
lance des regards que je suis la seule à pouvoir
comprendre. Je te le dis : **C'EST LE PA-RA-DIS.**

Je me sens comme dans une petite bulle et cette
fois, elle n'est pas près d'éclater. Lui et moi,
c'est pour la vie. Évident. Ce qui est évident aussi,
c'est qu'il n'y a pas que nous pour essayer
de cacher notre couple. On a chopé Charlotte
et Paul-Henri dans une cabine d'essayage,
aujourd'hui ! Je retire ce que j'ai dit : ce n'est pas
si choquant, finalement. Je dirais même qu'ils
sont mignons ensemble ! Du coup, Charlotte
a officialisé. Pauvre P.H. : après tout ce temps,
il n'a pas dû comprendre ce qui lui arrivait !

radiateurs, ils vont tous mourir d'une pneumonie sans pouvoir se payer les soins !
Dommage que je n'aie pas le vocabulaire suffisant pour leur expliquer ça en anglais…
J'aurais PU les sauver ! LOL.

MERCREDI 4 MARS

AVEC MAËL C'EST... LE PARADIS.

On est à nouveau ensemble.
J'attendais un peu avant de confirmer l'info,
mais voilà. On ne le montre pas aux autres,
pour que ça nous appartienne rien qu'à nous,
cette fois-ci. Pour ne plus laisser des gens sans
intérêt – au hasard, des gens comme De Peyrefitte
– se mettre entre nous.
Alors, on reste discrets. Dans le métro,
on se prête une oreillette d'Ipod ; dans un magasin
de fringues, il me demande des conseils. Il me
lance des regards que je suis la seule à pouvoir
comprendre. Je te le dis : **C'EST LE PA-RA-DIS.**

Je me sens comme dans une petite bulle et cette
fois, elle n'est pas près d'éclater. Lui et moi,
c'est pour la vie. Évident. Ce qui est évident aussi,
c'est qu'il n'y a pas que nous pour essayer
de cacher notre couple. On a chopé Charlotte
et Paul-Henri dans une cabine d'essayage,
aujourd'hui ! Je retire ce que j'ai dit : ce n'est pas
si choquant, finalement. Je dirais même qu'ils
sont mignons ensemble ! Du coup, Charlotte
a officialisé. Pauvre P.H. : après tout ce temps,
il n'a pas dû comprendre ce qui lui arrivait !

C'est drôle, parce qu'avec Stéphane et Charlotte, on est toutes les trois casées, maintenant.
Oui, parce que Stéphane est toujours avec Mehdi. Ils ne se sont jamais vraiment quittés, au fond, même si je pense qu'ils se prennent trop la tête pour pas grand-chose. Il n'y a qu'Arthur pour être tout seul.
Mais s'il y avait eu Isabelle, je suis sûre et certaine qu'ils seraient ensemble, à l'heure qu'il est! Bouh! Too bad for him!

;-)

Devant Urban Outfitters, à Covent Garden

JEUDI 5 MARS

Après-demain, on rentre tous à Paris.
C'est passé trop vite, cette semaine.
J'avais vraiment tort de m'inquiéter,
tout s'est très bien goupillé. J'ai même
retrouvé mon Maël, ce qui était inespéré!
(Bon, j'avoue, j'espérais quand même un peu!)
Ce qui m'a le plus étonnée durant ce voyage,
c'est qu'on s'est tous bien entendus,
il n'y a pas eu d'accrochages avec Arthur,
personne ne s'est insulté. Je ne sais pas si
c'est parce que De Peyrefitte n'était pas là.
Si ça se trouve, on aurait appris à la connaître
et elle aurait peut-être même été cool…
Je n'y crois pas trop, mais qui sait?
Cet après-midi, on est allés au musée
de Madame Tussaud. C'est genre comme
le musée Grévin à Paris, mais en truc d'horreur.
Et la cohésion du groupe, c'était incroyable.
Je ne sais pas d'où je sors ce mot
« cohésion » – merci les cours de français! **LOL.**
Bref.

Ce sera vraiment des bons souvenirs.
Même la bouffe, au final, n'est pas si mauvaise que ça. Notre famille d'accueil est peut-être timbrée, mais ils font l'effort de cuisiner presque comme en France. Et avec Charlotte, on peut dire qu'on apprécie… l'effort ! Mdr !
Ce soir, on avait décidé de frapper sévère.
Vu qu'on passait notre avant-dernière soirée ensemble, on s'est tous retrouvés dans un pub typiquement londonien. Ça a tourné au grand n'importe quoi, à base de bière et de tout ce que tu veux, mais c'était chouette. Arthur a fait son french lover avec la fille de sa famille d'accueil. C'était dégoûtant de le voir comme ça, « en rut ». Mais dans un sens, ça m'arrange : il ne pourra plus me reprocher d'avoir moi aussi tourné la page et d'être aujourd'hui avec Maël. Les choses s'arrangent, ça me fait plaisir. Je le sentais : depuis le début, je me disais que les choses iraient forcément mieux un jour ! Derrière toutes les nuits obscures se cache un jour éblouissant.

                              (Trop Boris Vian en meuf ! LOL)

VENDREDI 6 MARS

JE SUIS UN PEU TRISTE :
C'EST LA DERNIÈRE JOURNÉE.
ALORS, JE VAIS FAIRE MON MAXIMUM
POUR EN PROFITER, POUR LA RENDRE
INOUBLIABLE.
D'AILLEURS, JE NE DEVRAIS PAS PERDRE MON
TEMPS À ÉCRIRE SUR MON JOURNAL !
ALLEZ MON VIEUX, JE TE LAISSE !
ON SE RETROUVE À PARIS !

on a même fait le "tour bus" Maman

134

SAMEDI 7 MARS

JE L'AI FAIT! AVEC MAËL!
LUI, MOI, TOUS LES DEUX,
POUR DE BON! C'ÉTAIT MAGIQUE,
MERVEILLEUX, INTENSE!
JE PERDS MES MOTS : COMMENT
DÉCRIRE L'INDESCRIPTIBLE?
JE L'AI FAIT, C'EST TOUT!

ET ÇA A SCELLÉ NOTRE AMOUR
À JAMAIS.

● ● ●

Bon, il faut quand même que je te raconte
un peu le plan, parce que c'était un plan
du tonnerre. Pendant la soirée, j'ai fait semblant
de me sentir mal chez les barjos de Diana.
Je suis allée me coucher – en plus, il y avait
de la jelly en dessert, tu vois l'horreur !
À ce moment-là, Paul-Henri a pris ma place
dans le lit et j'ai pu rejoindre Maël dehors :
il était venu me chercher, genre trop galant,
on se serait crus dans un film genre *Moulin
Rouge* ! Il m'a emmenée dans sa famille d'accueil,
avec la triso toute chelou, et m'a présentée comme
sa cousine anglaise sourde et muette (vu que
côté accent anglais, moi, ce n'est pas trop ça…
Malin, non ?!). On a frôlé la catastrophe à force
de se retenir de rire ! Et puis on est allés
se coucher, et puis… voilà… et puis, on est rentrés
à Paris. Ouh là là, j'ai fait une ellipse de folie !

PS : J'AI EU UN PEU MAL, EN FAIT.
Mais c'est une douleur qui ne donne pas envie
d'arrêter. Étrange douleur que celle-ci…
C'était gauche et attendrissant, cette nuit.
« Notre première fois à tous les deux. »
Je suis contente qu'on n'y soit pas arrivés,
la nuit de mon anniversaire. Londres, tout ça,

c'était quand même vraiment plus romantique!
Mais finalement, je ne sais pas si j'ai attendu
assez longtemps. Combien de temps est-on censé
attendre, avant de faire ça? Un mois? Deux?
Peut-être quatre? Je ne regrette rien, mais
je ne vois pas où se trouve la limite entre une fille
facile et une fille amoureuse. C'était peut-être trop
rapide, surtout après nos tentatives avortées…
Il va me prendre pour une fille facile, maintenant?
Non, ce n'est pas le genre de Maël.
C'est un homme galant, il s'est très bien occupé
de moi. Et il a été tendre. C'était mon rêve,
avouons-le, mais j'ai quand même un arrière-
goût de déception dans la gorge. Quand le désir
devient réalité, il n'est plus désir. Ce n'est plus un
« j'aimerais bien ». Comme une flèche qui atteint
sa cible, le désir réalisé n'a plus de direction où
aller… ok, le côté flèche, c'est un peu stupide
comme métaphore!
Mais bon. Ça doit ressembler un peu à un
baby blues… Je ne comprenais pas cette notion
de blues après l'accouchement mais aujourd'hui,
je sais qu'il y a quelque chose de triste à voir
se concrétiser ce qu'on attendait depuis
si longtemps. C'est le deuil du désir, en quelque
sorte (je crois que je suis prête pour la philo, moi!
LoL). En plus, Maël ne m'a rien dit du genre
« Je suis heureux qu'on soit enfin ensemble
pour de bon », ou un truc qui me rassure pour
le futur… Voilà, en fait, c'est ça qui me fait flipper.

Le futur reste incertain et le passé est… passé.
Je n'ai plus rien à attendre du présent, puisque
ce que je voulais est arrivé. Je me sens comme
bloquée dans un no man's land émotionnel…
Lola au pays du No Man's Land…
Du No Maël's Land… Ouh là là, je délire.
Le plus bizarre, c'est que j'aimerais en parler
à maman mais en même temps, c'est LA personne
à qui je suis sûre de ne jamais en parler. Je l'ai dit
à Charlotte et elle m'a demandé : « T'as joui ? »
Non, décidément, on ne vit pas sur la même
planète, toutes les deux ! Peut-être que c'est moi
qui suis trop sensible, trop midinette. Peut-être
que Charlotte a raison : elle prend, elle jouit,
elle jette. Mais non, je ne peux pas m'y faire,
ce n'est pas possible. La vie, ce sont les émotions
qui la rendent belle, pas les actes… C'est ce qu'on
ressent qui compte, non ? Je ne sais plus trop
ce que je ressens, à part que Maël me manque
tout le temps. Ce qui n'est pas normal vu qu'on
passe nos journées ensemble ! Et malgré tout,
il me manque…
C'est quoi, ce manque des gens même quand ils
sont là ?
Le début de la folie ?!
Je suis heureuse et triste.

PS (bis) : le PS précédent est sûrement le plus
long PS de l'histoire du PS !
SEULE CHOSE À RETENIR : JE L'AI FAIT !!!

• • •
MARDI 10 MARS

En réalité, ça n'a rien changé. Je ne me sens pas différente. Je pensais que je comprendrais enfin le vrai sens de la vie, mais rien. J'ai juste perdu ma virginité. D'ailleurs, pourquoi les filles perdent quelque chose alors que les garçons gagnent quelque chose ? À creuser, comme idée ! Je ne dirai jamais j'ai perdu ma virginité : je l'ai donnée, voilà tout. C'est beaucoup plus joli, beaucoup plus « moi », en fait… !
Mais ça ne change rien. La seule chose, c'est que je suis encore plus amoureuse de Maël. Et j'imagine qu'il sera toujours une personne vraiment spéciale à mes yeux. Le premier.
Il restera à jamais dans ma mémoire, je raconterai l'histoire à mes enfants… Comment, lors de cette folle nuit à Londres, j'ai transformé pour toujours l'innocente jeune fille que j'étais. Oui, ça sonnera bien, et ça sera une chouette histoire.

Évidemment, qui dit « première fois » dit « récit aux copines ». Pour Charlotte et Stéphane, ça a été un choc ! Du moins, au début. C'est vrai, Maël et moi, on n'était plus ensemble jusqu'à ce voyage. Alors, le faire aussi rapidement, juste après s'être retrouvés… En même temps, elles savent que je suis vraiment amoureuse

et finalement, elles sont contentes pour moi.
On fait partie du même gang, désormais :
on est toutes libérées sexuellement ! Bien que
je ne sois pas sûre qu'être libérée sexuellement
soit synonyme d'avoir fait l'amour pour la
première fois…

Quand ma mère m'a demandé comment était
mon voyage, que répondre ?! Je ne pouvais pas
lui dire **LA GRANDE NOUVELLE**, elle m'aurait
confisqué ma vie ! LoL. Au moins ma vie, oui !
D'ailleurs, quand je lui ai demandé comment
s'était passée sa semaine à elle, elle ne m'a pas
raconté grand-chose, mais son regard pétillait…
J'espère que je n'avais pas, moi, le regard trop
pétillant, parce que sinon, je suis cuite.

Bon, allez, courage Lola car demain : école,
back to the reality et retour du Post-it jaune
dans le groupe…

soupir

> Parce que tu crois que je te diais..
> Fais pas le malin MEHDi!!! ♥

J'ai retrouvé cette photo d'un lundi à la maison.

MERCREDI 11 MARS

Tu ne connais pas la dernière de Maël?!
**IL N'ASSUME PAS!
NOUS! LUI ET MOI! NOTRE COUPLE!**
Il n'assume pas devant Arthur, une fois de plus, et il attend que je le comprenne! Alors, c'est ça, l'amour, le vrai grand amour? **NE PAS ASSUMER?**
Je suis dégoûtée.
Je lui ai offert la plus belle chose que j'aurais pu lui offrir et maintenant qu'on est de retour au lycée, il me laisse tomber!
Je ne sais même pas si je dois pleurer ou tout abandonner. Ce n'est pas comme si Maël ne m'avait

jamais déçue auparavant, mais visiblement,
ce comportement immonde est une maladie des
mecs. Mehdi n'assume pas Stéphane non plus
(on se demande pourquoi). Quant à Paul-Henri...
Bon, Paul-Henri voudrait bien assumer Charlotte,
mais c'est elle qui bugue! On la comprend mais
n'empêche, à croire qu'ils se sont tous passé
le mot. **QUELLE BANDE DE LÂCHES !** Et le pire
dans tout ça, c'est que j'ai couché avec Maël!
Si je n'avais pas couché avec lui,
j'en aurais rien eu à foutre mais là, je me sens
volée, dépouillée de mon intimité, pas respectée.
IL N'AVAIT PAS LE DROIT DE ME FAIRE ÇA !
Surtout s'il savait déjà qu'il ne pourrait pas
assumer devant Arthur... Et voilà : encore une
fois, tout est de la faute d'Arthur... Pourquoi ne
suis-je plus surprise ?!

VENDREDI 13 MARS

Je ne suis pas sûre de savoir comment réagir face
à Maël, Arthur et tous les autres mecs débiles
que je côtoie en ce moment au lycée. Je ne sais pas
si je dois laisser couler, ou si je dois m'énerver
et leur faire comprendre ce que je pense d'eux.
En même temps, Charlotte dit que ce ne sont que
des mecs : par définition, ils ne servent à rien.
Je me rends compte que les relations amoureuses

avec du sexe, c'est vraiment compliqué. Je pourrais facilement conclure que le sexe, c'est mal, mais ça serait un peu rapide. Je ne dois pas être la seule dans cette situation, il y a des tas de filles qui se font avoir lors de leur première fois. C'est évident, je fais juste partie du lot. Si seulement j'avais le cran de le dire à maman, elle pourrait peut-être me conseiller… Mais voilà : je ne me suis jamais sentie aussi proche d'elle et aussi éloignée en même temps. Je me sens femme comme elle, mais j'ai peur qu'elle m'engueule… Donc, on va s'abstenir. Au moins, j'ai Charlotte et Stéphane pour me soutenir. C'est sûrement bête à dire, mais j'ai honte. Honte de m'être livrée aussi facilement à un homme qui n'assume pas. On m'avait pourtant prévenue ! En même temps, il ne sort avec personne d'autre : il a bien fait comprendre à la tepu peroxydée de se tenir éloignée, et il est prévenant avec moi… Mais qu'il n'assume pas, ça le rend trop naze à mes yeux. Je n'arrive pas à assumer qu'il n'assume pas ! Il n'arrête pas de me dire qu'il m'aime mais… sur msn. J'en ai rien à foutre, moi, qu'il m'aime sur un écran, même géant. Ma mère avait raison : l'existence virtuelle, c'est juste de la merde qui sert de paravent à la vraie vie… On ne fait pas l'amour sur msn et moi, c'est justement ce que je veux faire. L'amour avec Maël, encore et encore. Le serrer dans mes bras, regarder ses yeux… Bon, je me fais du mal, là.
STOP !

VENDREDI 20 MARS ////////////

C'est presque le printemps.
Tout va redevenir vert, les fleurs vont pousser
et le soleil va réchauffer ma peau. Tout sera
à nouveau joyeux et j'oublierai alors l'horrible
hiver que je viens de passer. Après tout,
QUE PEUT-IL M'ARRIVER DE PIRE ?

*" Le printemps c'est joli,
pour se parler d'amour,
nous irons voir ensemble les jardins
refleuris. Et déambulerons dans les
rues de Paris.*

*Dis quand reviendras-tu,
Dis au moins le sais-tu,
Que tout le temps qui passe,
Ne se rattrape guère,
Que tout le temps perdu,
Ne se rattrape plus "*

MERCREDI 25 MARS

DÉFINITIF : je suis sûre que maman se tape le flic. Je l'ai entendu partir sur la pointe des pieds, l'autre matin. Et elle ne m'a rien dit ! C'est bizarre, je ne lui ai rien raconté de mon côté non plus, mais je ne lui pardonne pas de me cacher ça, elle. Pourquoi croit-on toutes que le corps de l'autre – enfin, au moins celui de notre mère – nous appartient ? **POURQUOI JE SUIS JALOUSE ?** Je suis contente pour elle, bien sûr…

Mais bon, j'ai quand même du mal à l'imaginer avec un autre homme que papa! J'avais déjà du mal à l'imaginer avec papa. D'ailleurs, pourquoi on essaye d'imaginer ses parents en train de faire l'amour?! C'est immonde! Il faudra que je demande à Charlotte et Stéphane si elles s'amusaient à ça aussi, quand elles étaient petites. Je me sens trahie par ma mère alors que moi, je la trahis de la même manière. J'en ai marre de ne jamais être claire avec ce que je pense, ce que je vis, ce que je ressens… C'est peut-être ça, être « ado »… En même temps, ça n'a pas du tout l'air de s'arranger une fois adulte!

TIME WILL TELL ME THE TRUTH

27/03

TROP FIÈRE DE MOI! 13 sur 20 en maths, c'est genre « Noël avant l'heure » tellement c'est incroyable! D'ailleurs, je ne sais pas moi-même comment j'ai accompli ce miracle! Peut-être que finalement, je pourrais avoir de bons résultats, si je travaillais un peu plus…
« Quelle prise de conscience! Quelle maturité! »
Ah, ah!
Je sais, Journal, je sais…!
Ne sois pas si moqueur!

LE 30 MARS

JE HAIS MA MÈRE. JE HAIS MA MÈRE. JE HAIS MA MÈRE. JE HAIS MA MÈRE. JE HAIS MA MÈRE. JE HAIS MA MÈRE. JE HAIS MA MÈRE. JE HAIS MA MÈRE. JE HAIS MA MÈRE. JE HAIS MA MÈRE. JE HAIS MA MÈRE. JE HAIS MA MÈRE. JE HAIS MA MÈRE. JE HAIS MA MÈRE. JE HAIS MA MÈRE. JE LA HAIS.

Elle a **LU !!**
elle s'est permis de lire !
JE LA HAIS POUR TOUJOURS !

1ᴇʀ AVRIL

J'AI L'IMPRESSION D'AVOIR ÉTÉ VIOLÉE.
D'ailleurs j'ai été violée.
Tiens maman, si tu lis ça :
c'est exactement ce que je ressens.
Je pars vivre chez papa et je te laisse ici
pour que maman puisse profiter encore
et encore de mon intimité.

Adieu, Journal.
Toi aussi, finalement,
tu m'as trahie.

J'ai trouvé cette lettre de ma mère, posée sur toi, Journal. Je viens de rentrer de chez papa, je voulais juste prendre quelques affaires… et voilà. Je la colle dans tes pages, comme pour dire que moi aussi, je m'excuse. Comme pour dire : « Moi aussi, maman, je t'aime. »

Mon bébé,

Tu vois c'est idiot, je ne peux pas t'appeler autrement. Pour moi, la première expression qui me vient lorsque je pense à toi, c'est "mon bébé". Il y a cette chose incroyable qui m'est arrivée avec toi : tu as fait de moi une maman. C'est un événement unique dans la vie d'une femme — devenir mère pour la première fois.
Tu n'imagines pas comme cette première fois-là révolutionne une vie entière.
Je ne dis pas ça pour excuser mon geste : il est impardonnable. Mieux que quiconque, je sais ce que ça fait d'être trahie, violée dans son intimité.
Tu as raison, c'est un viol, c'est le mot juste.
Je te le jure, mon amour : si c'était à refaire…

Tu le sais bien, toi aussi : quel chagrin de ne pouvoir revenir en arrière et tout effacer ! Je suis consciente que je n'avais pas le droit de faire une chose pareille, mais voilà, c'est arrivé. Ce journal est tombé à mes pieds quand je cherchais mon pull dans ton armoire, et je n'ai pu m'empêcher de le lire, comme toi avec le texto de Lucas. La curiosité, ça doit être de famille Lol (j'ai le droit?).

Il y avait l'emballage d'un préservatif collé sur une page : j'ai eu peur et voilà, j'ai tout lu, j'ai lu comme une folle la vie de mon enfant. La vie secrète de mon enfant. C'est affreux, mais je l'ai fait !

Si un jour tu reviens à la maison (je n'en doute pas au fond, mais depuis que tu es partie, j'en doute pourtant tous les jours !), je voulais seulement te dire à quel point je t'aime. À quel point je suis fière de toi. Te raconter aussi un peu de moi, un peu plus de moi. C'est vrai, depuis que papa est parti, nous nous sommes éloignées, toi et moi. Tu grandis et moi je vieillis... Bref, comme tu dis, rien ne nous rapproche !

Même si je n'ai aucun droit sur toi, il faut que tu saches que pour moi, tu restes ce petit être sorti de mon ventre, ce 5 décembre-là. C'est si étonnant de comprendre soudain que, dans ce gros ventre qu'on trimballait pendant des mois, il y avait un véritable petit être, bien vivant, bien différent de soi. Durant neuf mois, tu as été mon ventre, mon ventre qui bouge, qui grossit, qui donne des coups de pied. On a du mal à séparer son propre corps de celui du bébé qui vit à l'intérieur, tu comprends ? On croit que l'autre ne fait qu'un avec soi... On ne comprend le DEUX que le jour de l'accouchement, lorsque la tête arrive, volontaire, prête à passer au milieu de soi, de sa chair. Je sais, l'image est un peu crue, mais je veux que tu comprennes ce qui m'est arrivé quand toi, tu es arrivée. De ce "UN" difforme, énorme, monstrueux (c'est ce que je ressentais, tu me connais, je suis un peu coquette !), je suis passée à deux, physiquement, concrètement. C'est un énorme choc. Quand je dis choc, sache que c'est évidemment une joie, mais aussi une immense fierté : se dire qu'on a été capable de FABRIQUER un être vivant, te rends-tu compte ? Tant qu'on est enceinte, on ne réalise pas cela. Ensuite, tout est différent. On ne sera plus jamais un, mais deux.

Ensuite, c'est un autre qui prend la priorité sur sa propre vie. Quand tu es bébé, si tu as faim et que tu pleures, c'est toi qui mangeras la première, même si moi, j'ai faim aussi. Les mères sont ainsi faites. En tout cas, moi, c'est ainsi que je t'ai élevée. Tu as été ma priorité jusqu'à aujourd'hui. Quand je t'allaitais, bien sûr, cela se voyait au quotidien. Aujourd'hui, c'est beaucoup plus difficile à percevoir ; pourtant, rien n'a changé, Lola. Quand tu étais ce petit nourrisson tout juste sorti de moi, ton corps était presque comme mon corps. Je te prenais, toute molle, et tu sentais si bon le bébé (tu verras, si toi aussi tu deviens mère, le parfum incroyable d'un bébé ! Ça rend folle, je t'assure !). Je passais mes journées et (surtout !) mes nuits à te parler. Toi, tu me regardais avec tes yeux déjà si clairs, si grands, comme si tu comprenais tout. Ce regard, plein de confiance et d'amour, a fait de moi une mère, au jour le jour. Car on ne naît pas mère, on le devient ! (Un jour, tu trouveras peut-être d'où je tire cette phrase !)

Tu étais souvent accrochée à mon sein. C'est vrai, quand tu es née, je me suis un peu transformée en animal. J'ai compris qu'un être humain, en tout cas une femme, est avant tout un mammifère. Du moins, c'est ainsi que je l'ai vécu. Ta bouche était collée à moi et nous ne faisions qu'un, encore un peu, encore quelques mois. Il y avait toujours ce sentiment de fusion, d'amour liquide entre nous, charnel-animal.

Quand tu me dis aujourd'hui (à juste titre) : "Maman, c'est mon corps, je fais ce que je veux avec", je suis d'accord avec toi. Mais j'ai vécu ton corps collé au mien, dedans comme dehors, presque dix-huit mois... Presque dix-huit ans, en fait... Cela n'excuse pas mon geste, mais j'essaye de t'expliquer que pour une maman, son enfant n'est jamais très loin. Même quand tu n'es pas là, c'est comme si je te sentais.

Puis tu as grandi. Dès que tu faisais une nouvelle chose, un mot, un premier pas, un dessin, une lettre formée sur un papier, un coloriage, un pas de danse, un sourire, dans tous ces moments-là tu criais : "Maman!" Pour être sûre que cela ne m'échappe pas. Toi aussi, tu avais besoin de faire corps avec moi. L'enfant veut prendre sa liberté, chaque jour un peu plus ; mais pour ce faire, il a besoin de crier "maman". Pour être sûr qu'elle est bien là, qu'elle sera toujours là, comme un bateau a besoin d'un phare en pleine nuit. J'ai toujours été là, mon bébé. Pas par sacrifice, par bonheur.

Tu m'as appris la tendresse, Lola. Tu sais, mamie travaillait beaucoup et je la voyais peu lorsque j'étais petite. Elle me déposait chez sa mère et ne me prenait que le dimanche. La vie n'était pas facile pour elle. Je ne lui en veux pas et aujourd'hui, c'est vraiment une grand-mère formidable. Mais tu vois, je crois que ce regard-là m'a manqué, tout de même, le regard d'une maman sur ces petits riens qui font une vie. Et ça, je ne voulais pas le rater avec toi, avec vous, mes enfants, mes amours.

Tu te souviens, tu m'avais envoyé un texto pour me dire que tu avais tes règles ? Tes premières règles. Tu ne savais pas comment faire, tu étais en colo et moi, je me suis retrouvée toute désemparée à Paris. Je t'ai envoyé un colis avec des bonbons. C'était vraiment stupide de ma part : t'envoyer des choses d'enfant alors que tu venais de devenir une femme ! Mais c'était ma façon de te dire que, quoi qu'il t'arrive, tu resterais à jamais ce bébé pour qui je donnerais ma vie.

Je suis si fière de ce que tu es devenue, Lola. Tu es forte - et si drôle ! Même si tu n'es pas très douée à l'école (parce que tu ne fiches rien, coquine !), tu as toutes ces qualités que je sais primordiales pour réussir sa vie. Et maintenant que j'ai lu ton journal, je peux aussi te confirmer que tu écris très bien !

C'est vrai, tu as raison : j'ai du mal à accepter de te voir grandir. À lire ces pages, j'ai pris une énorme claque. Apprendre que tu avais couché avec un garçon, que les choses ont été si douloureuses pour toi et que tu ne m'avais rien dit... Tu es devenue si secrète ! Parfois, je me sentais un peu vexée, je me demandais à quoi servait ce lien que j'avais mis tant de temps et d'énergie à créer entre nous, si tu ne me racontais plus rien. Maintenant, je sais que tu ressentais la même tristesse, et cela me fait du bien.

Depuis que tu es partie vivre chez ton père, j'ai compris que ce lien invisible te sert à retrouver ta route, quoi qu'il arrive, que je sois là ou non. C'est vrai, parfois, avant de te lire, je me disais : "Elle ne fait pas ça bien, il faudrait qu'elle fasse comme ceci ou comme cela." Mais voilà : j'ai compris aujourd'hui que tu avais ton propre fonctionnement, tes propres pensées, et que tu étais devenue une personne à part entière.

C'est à moi de trouver ma place dans ta vie. Je dois te laisser grandir sans te faire ombrage, et sans t'abandonner pour autant. Être présente, mais discrète. Te faire confiance, mais garder l'œil ouvert (et le bon !). C'est beaucoup plus délicat que de coller la bouche d'un nourrisson sur son sein, crois-moi !

Tu vois, être mère n'est pas inné. On apprend chaque jour, et cet apprentissage est aussi difficile pour moi que pour toi. Quand tu ne sais plus qui tu es, je dois malgré tout savoir, moi, qui je suis. Et pourtant tes doutes me déstabilisent. Tes colères, tes rébellions, justifiées ou non. Mais je vais apprendre, ma Lola. À tes côtés, je me suis toujours senti pousser des ailes, même dans les moments les plus durs. Sache que je ne voulais pas te faire de mal, j'ai simplement eu un grand moment de panique, comme lorsque la maison brûle et qu'il faut tout de même entrer à l'intérieur pour sauver son enfant.

J'espère que tu reviendras vite, tu me manques tant ! En fait, je suis en train de

réaliser que, moi aussi, j'ai besoin de toi. C'est peut-être ça, l'adolescence : cet instant où l'on comprend que les parents ne sont pas infaillibles. Oui, c'est vrai que je ne suis pas infaillible, je te l'ai malheureusement prouvé. Mais je suis là, Lola. Je suis là, pour toi, pour toujours.
Je t'aime, mon (grand!) bébé. Et j'espère qu'un jour, tu sauras me pardonner.

Maman.

Oui, maman, ma maman.
Je te pardonne.
Et je rentre à la maison.

PS : mais quand même,
tu ne perds rien pour attendre !
LOL. ♥

REMERCIEMENTS

À tous les « gamins » :
Christa Théret, Félix Moati, Lou Lesage,
Marion Chabassol, Jérémy Kapone, Louis Sommer,
Jade-Rose Parker, Adèle Choubard,
Warren Guetta, Émile Bertherat.
À mes enfants,
à Audrey Merveille, Nans Delgado,
Romain Le Grand et Karina Hocine.
Merci à Louis Sommer pour ses jolies photos.

Photos extraites du film *LOL (Laughing Out Loud)*®
© 2009 Pathé Production - Bethsabée Mucho - Ciné B -
TF1 Films Production - M6 Films

Photos dans l'ouvrage : Louis Sommer

Achevé d'imprimer en mars 2011 sur les presses de
l'Imprimerie moderne de l'Est à Baume-les-Dames (Doubs)
Dépôt légal 1re publication : septembre 2009
Édition 06 : mars 2011
Librairie Générale Française
31, rue de Fleurus - 75278 Paris Cedex 06

31/2965/7